LA PAGODE D'ARGENT

La pagode d'argent

Claude-Andrée Bert

La pagode d'argent

roman

Cercle
Arc-en-Ciel
Romanesque
17, rue Remy-Dumoncel Paris 14

CHAPITRE I

J'entrouvris les yeux avec peine. Mes paupières avaient la pesanteur du plomb. Une douleur fulgurante me cisailla le cerveau et j'éprouvai la vive tentation de me réfugier de nouveau dans le sommeil. Il me semblait avoir dormi pendant une éternité. Je me débattais encore dans une sorte de torpeur que seule, l'acuité de la douleur avait interrompue.

Pourquoi étais-je aussi lasse ? Que m'était-il arrivé ? Je devais réagir, soulever mes paupières même si cela exigeait un effort, regarder autour de moi. Il le fallait ...

Sans doute un gémissement m'avait-il échappé, car une voix virile demanda aussitôt :

— Vous souffrez ?

Cette voix, où l'avais-je déjà entendue ? Elle me paraissait étrangement familière.

Je réussis à ouvrir les yeux et vis un homme penché vers moi, le visage anxieux, le regard sévère, presque dur. Etait-il médecin ? Veillait-il sur mon sommeil depuis longtemps ? Guettait-il mon réveil ?

Je voulais lui répondre, lui dire que tout le corps me faisait mal. Trouverais-je seulement la force de remuer les lèvres ?

— Non, ne parlez pas, ajouta-t-il. Pas encore. Reposez-vous. Vous en avez besoin. Plus tard, quand vous vous sentirez assez forte, je vous expliquerai ...

Allait-il s'éloigner et me laisser seule ? Comme s'il devinait ma soudaine inquiétude, il précisa :

— Je reste auprès de vous. Ne craignez rien. Ici, sous ma protection, vous n'avez pas à redouter la police. Vous êtes en sûreté.

Quel était le sens de ses paroles ? Qu'aurais-je dû craindre ? Avais-je commis un méfait, une faute ? Je n'en avais nul souvenir. Alors, pourquoi cet inconnu parlait-il de me protéger ? Me protéger contre quoi, contre qui ?

Que tout ceci était compliqué pour ma tête endolorie ! Une foule de questions se pressaient sur mes lèvres. Mais le regard autoritaire fixé sur mon visage m'intimait l'ordre de me taire. A cet ordre, je le sentais, je devais obéir, que cela me plaise ou non.

Je gardai donc le silence, mais ne fermai pas les yeux. Je contemplai l'inconnu. Je le contemplai avec insistance et un intérêt de plus en plus vif maintenant, à mesure que la conscience me revenait.

C'était un homme grand et svelte qui paraissait âgé d'une trentaine d'années. Ses cheveux très noirs, ses traits réguliers, ses yeux gris acier, retinrent mon attention. Qu'il était beau ! Jamais, jusqu'à cette minute, je n'avais éprouvé autant de plaisir à admirer la perfection d'un visage masculin. La beauté ou la laideur des jeunes gens que je croisais dans la rue me laissaient d'ordinaire indifférente.

« La beauté, est-ce que cela compte pour un homme ? » avait-on coutume de dire dans ma famille.

Jusqu'alors, cela ne comptait pas pour moi, en effet. Mais maintenant que j'avais eu la chance d'admirer un tel spécimen de la race masculine, à cette question-là j'aurais répondu sans hésiter :

« Mais oui, cela compte ! Cela compte même beaucoup pour la femme qui l'aimera. »

Pour ne pas paraître trop hardie, je détournai les yeux du magnifique visage qui me fascinait. Alors, ce que je vis autour de moi m'éblouit également. Le parquet de la chambre était recouvert d'un épais tapis de Chine d'un bleu vif. Sur les murs, des tentures de soierie ancienne alternaient avec des panneaux de laque incrustée d'ivoire et de pierres dures. Une kwan-yin (1) de jade trônait sur la table de chevet à côté d'un somptueux bouquet d'orchidées.

— Où suis-je ? demandai-je, heureuse d'avoir trouvé la force de parler.

Un sourire satisfait éclaira le mâle visage.

— Chez moi, à la Pagode d'Argent. Vous vous sentez mieux, n'est-ce pas ?

— Un peu, oui.

(1) Divinité.

Et pourtant, ouvrir les lèvres me faisait cruellement souffrir. Mon visage devait être tuméfié, boursouflé. Je gisais sans force sur ce lit. J'avais été blessée. Alors, pourquoi me trouvais-je chez cet inconnu au lieu d'être soignée dans un hôpital ? J'essayais de réfléchir mais une violente migraine me martelait les tempes. Ma mémoire me refusait tout secours. Etais-je devenue amnésique ?

Avec peine, je soulevai mon bras gauche, non sans ressentir une vive douleur à l'épaule. Je portai une main hésitante à mon front. Sous mes doigts je trouvai un épais pansement.

— N'y touchez pas, conseilla mon hôte.

Soumise, je reposai la main sur le drap. Une idée pénible s'imposa à mon esprit pourtant engourdi.

« Je vais être défigurée ! » pensai-je avec effroi.

Comme s'il lisait en moi, l'homme me rassura aussitôt :

— La plaie, en haut de votre front, a été très soigneusement recousue. La cicatrice se perdra à la naissance de vos cheveux. Une frange la recouvrira aisément. Mon ami, le Dr Delbart, qui a pris soin de vous, est fort habile. Au lieu de vous inquiéter pour votre beauté qui n'est pas menacée, vous feriez mieux de vous reposer. C'est nécessaire.

— Expliquez-moi ! suppliai-je. Je ne me souviens de rien.

— Plus tard.

— Qui êtes-vous ? insistai-je. Dites-moi au moins votre nom.

— Arnaud Dampierre.

— Que m'est-il arrivé ?

Au lieu de répondre, il questionna sur un ton dont la sévérité me surprit :

— Que faisiez-vous parmi les émeutiers, au milieu de ces étudiants contestataires ? Si vous avez été malmenée, piétinée, blessée, c'est votre faute ! N'accusez que vous-même.

Un voile se déchira dans mon esprit. Je me souvenais enfin. J'étais à Bangkok.

Arrivée en Thaïlande la veille, après un interminable voyage, je sortais du Palais Royal pour regagner l'hôtel Naraï. Fatiguée par la longue visite, je restais néanmoins émerveillée par les fastes de cette architecture inconnue et si colorée, peuplée de monstres moitié humains, moitié oiseaux, d'éléphants légendaires.

En traversant le pré Phra Mane, j'avais vu un important cortège de manifestants se diriger vers moi en brandissant des drapeaux et des banderoles couvertes de signes étranges. Ils scandaient des slogans auxquels je ne comprenais rien.

Au lieu de m'éloigner rapidement pour me tenir à l'écart, j'étais restée sur place sans penser que ce spectacle imprévu pourrait mal tourner. Soudain, les forces de police avaient surgi, déferlant de plusieurs rues adjacentes, bousculant les manifestants qui se trouvaient sur leur passage, les frappant à tort et à travers. Des coups de feu claquèrent de toutes parts.

Dans la débandade qui s'ensuivit, j'avais été entraînée, renversée, matraquée sans doute. Je m'étais évanouie.

Combien de temps étais-je restée à terre, inanimée ?

— Etes-vous blessée ?

La question prononcée par une voix autoritaire m'avait tirée de mon inconscience. En ouvrant les yeux, j'avais vu un homme se pencher sur moi.

— Oui ... Non ... Je ne sais pas, avais-je balbutié.

— Ne restons pas là ... Vous n'aurez pas la force de marcher. Je vais vous porter. Mais vous saignez ! constata-t-il en se penchant davantage.

Sans hésiter, d'un geste prompt il avait saisi le bas de ma robe. Je me souvenais nettement du crissement du tissu qui cédait sous ses doigts impatients. Je n'eus pas le temps de m'indigner. Déjà il m'entourait la tête avec les lambeaux de ce qui avait été une toilette élégante. Après avoir achevé ce pansement improvisé, avec d'infinies précautions, il m'avait soulevée dans ses bras.

Je serrais les lèvres pour ne pas gémir. Tout le corps me faisait mal. Pourtant, en posant ma joue sur l'épaule de l'homme et en m'abandonnant, un trouble inconnu s'empara de moi. Une sorte de vertige, violent, insensé. Plus fort que la souffrance ...

— Emmenez-moi à l'hôpital, s'il vous plaît, avais-je trouvé la force de murmurer.

— Ne vous inquiétez pas. Fiez-vous à moi.

Que s'était-il passé ensuite ? Je ne m'en souvenais plus. Sans doute m'étais-je évanouie de nouveau pendant le trajet, peut-être avant même que l'inconnu ne m'étendît sur la banquette arrière de sa voiture.

La voix de mon hôte exigeait maintenant :

— Répondez-moi !... J'ai le droit de savoir qui j'ai recueilli chez moi. Que faisiez-vous parmi ces émeutiers ?

— Et vous ? répliquai-je, choquée qu'il osât me questionner comme si j'étais une criminelle.

Il resta interdit pendant un instant et me regarda.

— Moi ? Heureusement pour vous qu'en quittant mon usine je suis passé dans le quartier, aussitôt après la fin de l'échauffourée. J'ai garé ma voiture pour voir si je pouvais m'aventurer plus loin ou si je devais continuer ma route à pied ... Des ambulances emmenaient les innombrables blessés. Les sirènes hurlaient. C'est alors que je vous ai découverte, gisant sur l'asphalte, abandonnée par vos camarades qui ne s'étaient pas souciés de vous porter secours. Ils s'étaient enfuis comme des lâches !

— Ce n'étaient pas des camarades mais des inconnus. Je suis française. Je visitais Bangkok, je sortais du Palais Royal ... Pourquoi ne m'avez-vous pas conduite à l'hôpital comme je vous l'avais demandé ?

— Vous croyez sans doute qu'on n'attendait que vous à l'hôpital ? Je me suis présenté à deux établissements. Tous les services d'urgence étaient surchargés ... Vous perdiez votre sang. J'étais inquiet. Alors, je vous ai emmenée chez le Dr Delbart pour vous éviter une longue attente. Là, le nécessaire a été fait, examens, radios, pansements. Aucune fracture n'a été décelée, mais vous souffrez de contusions multiples.

— Merci, murmurai-je. Je vous suis très reconnaissante.

— D'ailleurs, reprit-il, croyez-vous que vous auriez été en sûreté à l'hôpital ? Dès l'amélioration de votre état la police vous aurait interrogée. Elle n'est pas tendre pour les manifestants qui, depuis plusieurs années, ont un seul but : renverser le pouvoir royal. Peut-être vous seriez-vous retrouvée en prison ... Un séjour même bref dans les prisons thaïlandaises, ce n'est pas réjouissant ...

— Je vous répète que je suis une simple touriste !

— Moi, je veux bien vous croire, mais aux autres il vous aurait fallu le prouver ... Dans ce pays, il n'est pas facile de démontrer son innocence. Vous êtes certainement beaucoup plus tranquille chez moi et aussi bien soignée. Je vais téléphoner au docteur que vous êtes enfin éveillée. Il viendra vous voir. Il est déjà passé deux fois pendant votre sommeil.

— Ai-je dormi si longtemps ?

— Presque vingt-quatre heures. On vous a administré des calmants.

— Et vous ... ?

J'allais lui demander s'il était resté à mon chevet

pendant ce temps mais la question mourut sur mes lèvres. Je n'osai pas la formuler.

Cet inconnu m'en imposait et surtout j'avais peur d'être déçue s'il m'avouait qu'il avait laissé à d'autres mains que les siennes le soin de veiller sur moi. Quoi de plus naturel, pourtant ! Il n'avait pas dû passer la nuit dans le fauteuil qui se trouvait au pied de mon lit.

Etonné par son silence, mon hôte s'enquit :

— Pourquoi vous êtes-vous tue ? Quelle question vouliez-vous me poser ? Parlez donc !

Malgré moi, un flot de sang afflua à mes joues. J'éprouvais de l'embarras, presque de la honte.

— J'ai encore beaucoup de questions à vous poser, en effet. Je ne me souviens que de peu de choses depuis que vous êtes venu à mon aide. Mais pour l'instant, je me sens trop lasse ... Vous aviez raison de me conseiller de garder le silence.

Arnaud Dampierre sourit. Arnaud ! J'avais toujours aimé ce prénom ... Si je n'y prenais garde, je m'attacherais vite à cet homme dont je ne savais rien encore sinon qu'il m'avait secourue et qu'il habitait la Pagode d'Argent, un merveilleux palais oriental, sans doute.

— Alors, reposez-vous. Mais vous allez d'abord prendre une tasse de thé. Vous devez avoir soif.

Non, je n'avais pas soif. L'air conditionné maintenait dans la chambre une délicieuse fraîcheur.

Sans attendre ma réponse, Arnaud sonna. Une jeune Thaïlandaise apparut aussitôt. Sans doute se trouvait-elle à proximité et guettait-elle l'appel de son maître. Sur le seuil, elle nous salua en joignant les paumes de ses mains devant son visage souriant.

— Ah ! Madame est réveillée, dit-elle.

« Madame » ! ce mot me frappa. Pourquoi n'avait-elle pas dit « Mademoiselle » ?

— Oui, Sirikit, répondit mon hôte. Apporte-lui vite du thé.

— Tout de suite, monsieur, répondit-elle en s'inclinant avec déférence.

Arnaud la suivit du regard et je ne pus manquer de ressentir un étrange pincement au cœur en pensant que cette ravissante créature vivait sous le même toit que lui. Ravissante, elle l'était, certes, un corps souple et gracile, de longs cheveux noirs, des yeux de braise en forme d'amande, de petites dents d'une blancheur éclatante. Je me surpris à envier son lumineux sourire. Moi, je devais être hideuse sous mon pansement.

Arnaud s'était rapproché de mon lit.

— Je ne vous propose pas de manger un fruit ou quelque chose d'autre, vous auriez trop mal. En attendant les conseils de Delbart, je juge préférable de vous offrir seulement à boire.

Défigurée, j'étais défigurée, j'en étais sûre !

— Présentez-moi un miroir, s'il vous plaît ... Je vous en supplie.

— Un miroir ! s'écria-t-il en éclatant d'un rire moqueur, c'est l'unique chose que je doive vous refuser pour le moment. Vous avez besoin de garder le moral.

— J'en demanderai un à Sirikit.

— Elle ne vous le donnera pas si je lui défends. Ici, sachez-le, tout le monde doit obéir à mes ordres ... Même vous. Je vous apporterai ce miroir dans quelques jours, si vous êtes sage.

J'aurais voulu protester, lui demander combien de temps il prétendait me garder chez lui. Je me sentais vraiment trop épuisée. Je n'avais pas la force de discuter, d'opposer ma volonté à la sienne. Malgré moi, mes paupières s'alourdissaient de nouveau.

Sirikit revint, un plateau à la main. Elle emplit de thé une tasse de porcelaine d'une finesse remarquable.

— Va chercher le coussin qui est sur le fauteuil, s'il te plaît, ordonna mon hôte.

Sirikit reposa la tasse sur le plateau d'argent, prit le coussin de soie pourpre lamée d'or et l'apporta. Elle s'apprêtait à le glisser sous ma tête lorsque Arnaud l'arrêta :

— Attends, Sirikit.

Les mains brunes du jeune homme rabattirent la partie du drap qui me recouvrait le buste et se posèrent sur mes épaules. Seulement alors, je m'aperçus avec confusion que ma poitrine était nue. Mon sauveur avait-il aidé le docteur à me dévêtir ? A cette pensée, je rougis violemment.

— Allons, laissez-vous faire, conseilla Arnaud, à voix basse pour que Sirikit n'entendît pas ses paroles. A trente ans, j'ai déjà vu le corps d'une femme, vous savez.

Il me souleva avec douceur pendant que la servante glissait le coussin sous ma tête. Des larmes vinrent à mes paupières. J'étais humiliée, malheureuse, à sa merci.

— Oh ! je vous ai fait mal, constata Arnaud, je suis désolé.

— Non ... Non ...

— Aimez-vous le thé très sucré, madame ? demandait Sirikit qui versait une cuillerée de sucre dans ma tasse.

— Non. Ce sera bien ainsi, merci.

— Ne bougez pas le bras, vous souffririez encore. Je vais vous aider à boire, dit Arnaud en prenant la tasse des mains de la jeune fille.

Celle-ci ne cessait pas de sourire d'une façon indéfinissable. Il me sembla pourtant que son visage s'était rembruni. Trouvait-elle que son maître m'accordait trop d'attention ? Etait-elle jalouse ? Avait-elle des raisons de l'être ?

Pendant que je buvais avec maladresse, la main gauche d'Arnaud se posa sur mes cheveux et esquissa une caresse. Comprenait-il ma détresse ? Voulait-il m'encourager, me donner confiance en l'avenir ?

— Voilà, dit-il lorsque ma tasse fut vide, maintenant reposez-vous avant la visite du docteur. Je vais me rendre à l'usine où l'on doit s'étonner de mon absence. Mes employés sont habitués à me voir chaque jour.

Dès que Sirikit eut ôté le coussin, sans attendre d'aide pour éviter qu'Arnaud, en soulevant le drap de nouveau, n'ajoute à ma confusion, je réussis à m'allonger en dissimulant une grimace de souffrance qui n'échappa pas à mon hôte.

— Décidément, cela va mieux, constata-t-il avec ironie. Alors, je vous quitte sans remords. Si vous avez besoin de quelque chose, demandez-le à Sirikit. Elle restera auprès de vous jusqu'à mon retour.

Puis, sans m'accorder plus d'attention, il se tourna vers la jeune Thaïlandaise et lui donna des ordres qu'elle écouta avec respect, mais dont je ne compris pas un mot.

Il sortit ensuite sans m'adresser un regard. J'eus l'impression que, repris par des préoccupations ou des soucis auxquels je n'avais nulle part, il m'oubliait déjà ...

CHAPITRE II

— Elle dort encore ... Alors, pourquoi Dampierre m'a-t-il téléphoné qu'elle était éveillée ?

Ces mots prononcés d'une voix étonnée me tirèrent de mon sommeil.

— Elle s'était réveillée, docteur, expliqua Sirikit. Monsieur m'a demandé de préparer du thé. Après en avoir bu une tasse, elle s'est rendormie. Elle va très mal, n'est-ce pas ?

— Mais non, mais non ...

Je n'avais pas envie d'ouvrir les yeux, je n'avais pas envie d'affronter un nouveau visage inconnu. A quoi ressemblerait ce docteur dont je sentais maintenant la main se poser sur mon front ? Me tourmenterait-il, lui aussi ? Me demanderait-il ce que je faisais parmi les étudiants ? Allais-je encore devoir me justifier, fouiller dans ma mémoire toujours engourdie ?

Tout effort me pesait. Continuer à feindre le sommeil serait plus simple. Oui, faire semblant de dormir et les écouter parler, voilà la conduite qui m'assurerait la tranquillité et me renseignerait sur la gravité de mon état.

— Elle ne va pas mourir, docteur ? questionna encore Sirikit.

— Pourquoi me demandes-tu cela ?

— Parce que M. Arnaud m'a recommandé de veiller sur elle avec beaucoup d'attention. Il était inquiet. La blessée paraît très faible.

— J'espère que tu ne souhaites pas sa mort, quand même ?

— Oh ! s'indigna Sirikit, quelle question ! Pourquoi souhaiterais-je ...

Il l'interrompit brusquement.

— Parce que je suppose que son retour ne te fait pas plaisir ...

Pendant un instant, je me demandai si je ne rêvais pas. Ces paroles mystérieuses ne résonnaient-elles pas dans ma tête pendant un cauchemar ? Etait-ce vraiment de moi dont s'entretenaient le docteur et la jeune Thaïlandaise ? J'en doutais. Pourquoi parlaient-ils de retour ? Quel retour ?

Incapable de feindre le sommeil plus longtemps, j'éprouvai le besoin de savoir si le visage de Sirikit reflétait ses véritables sentiments. Me détestait-elle au point de souhaiter ma mort ? Mais pourquoi aurait-elle haï une inconnue ? J'ouvris les yeux. Les joues de la jeune fille étaient pourpres. Sur ses lèvres planait son habituel sourire de commande.

« Le sourire des Thaïs est leur politesse. »

Cette phrase que le guide avait prononcée la veille me revint en mémoire. Elle était exacte, certainement. Comme j'aurais voulu deviner les pensées que Sirikit cachait derrière ce masque placide mais si déroutant !

— Ne rougis pas comme cela, lui conseilla le docteur. Je plaisantais, tu n'en doutes pas, j'espère.

Sirikit jeta alors un coup d'œil sur mon lit.

— Madame est réveillée, docteur, dit-elle, soulagée d'échapper à son attention.

Le Dr Delbart se tourna vers moi en souriant.

— Alors, comment vous sentez-vous maintenant ? demanda-t-il d'une voix douce.

— Pas très bien. J'ai mal partout au moindre mouvement.

— Rien d'étonnant après ce qui vous est arrivé ! Avec de la patience et de la docilité, tout rentrera dans l'ordre. Et cette aventure ne sera plus qu'un mauvais souvenir ... Finalement, cela aurait pu être beaucoup plus grave. Et vous devez vous estimer heureuse que le coup de matraque que vous avez reçu n'ait pas provoqué de fracture du crâne.

— M'estimer heureuse d'avoir reçu un coup de matraque ? m'écriai-je avec indignation. Eh bien, vous en avez de bonnes !

— Je constate que vous sortez enfin de votre torpeur. Je m'en réjouis. Arnaud m'a prévenu que vous aviez un caractère impétueux, un tempérament de feu. Il n'a pas menti.

— Comment ? questionnai-je, au comble de la stupéfaction.

— Ne vous récriez pas. Il est normal que mon ami m'ait souvent parlé de vous, non ?

Non, ce n'était pas normal. Arnaud Dampierre m'avait secourue dans une rue de Bangkok, la veille. Pourquoi aurait-il parlé de moi au Dr Delbart ? Quand lui en aurait-il parlé ? Mon hôte, je m'en apercevais maintenant, ne connaissait même pas mon nom. Pourquoi Sirikit avait-elle des raisons de me détester ?

Je ressentais la curieuse impression de flotter sur un océan d'incertitudes, de planer au-dessus d'un monde en proie à la démence. Conserverais-je ma raison parmi ces insensés ? La folie me guettait, assurément !

Le docteur, sans se soucier de la perplexité dans laquelle ses paroles m'avaient jetée, commençait à m'examiner. Il me prit le poignet et pendant qu'il comptait mes pulsations, son chronomètre à la main, j'eus tout le loisir de détailler ses traits.

C'était un beau garçon lui aussi, grand et mince comme Arnaud, sans doute plus âgé car des fils d'argent striaient ses cheveux noirs. Peut-être même approchait-il de la quarantaine. En découvrant la douceur qui émanait de ses yeux bruns, j'évoquai par comparaison le regard d'acier implacable de mon hôte. Ce regard froid, volontaire, dominateur.

« Ici, sachez-le, tout le monde doit obéir à mes ordres ... même vous. »

De telles paroles m'avaient surprise. Je n'avais pas l'habitude qu'on me parle ainsi. Et pourtant, je n'avais pas osé répliquer. Mais je me promis de me rattraper à la première occasion.

Le Dr Delbart, je le sentais, pourrait devenir mon ami si je restais assez longtemps en Thaïlande.

— Bon, tout va bien, conclut-il en souriant. La tension, maintenant.

Je voulus soulever mon bras gauche, mais une violente douleur à l'épaule me rappela à la réalité. J'étais clouée sur ce lit, incapable du moindre mouvement, entièrement dépendante des autres. L'heure de la révolte n'avait pas encore sonné, hélas ! Avant de me retrouver sur mes jambes, capable de marcher, apte à disposer de moi-même et de mon avenir, je devrais sans doute supporter pas mal d'humiliations, essuyer de nombreux sarcasmes.

Ayant surpris sur mes lèvres une grimace de douleur, le docteur me recommanda :

— Ne bougez pas.

Puis, comme Arnaud l'avait fait avant lui, il rabattit le drap finement brodé sur la couverture de soie. A ce moment-là, Sirikit quitta la pièce et je lui sus gré de sa discrétion.

J'étais seule avec le médecin. Pendant qu'il prenait ma tension, une question me brûlait les lèvres. Incapable de lutter plus longtemps contre le désir de la formuler, j'interrogeai :

— Quand Arnaud m'a amenée chez vous, j'étais inconsciente, n'est-ce pas ?

Pourquoi avais-je dit « Arnaud » au lieu de M. Dampierre ? Je l'ignorais. Son prénom m'était venu spontanément aux lèvres.

— Oui, vous vous étiez évanouie pendant le trajet.

— Je me rappelle qu'il a déchiré ma robe pour panser ma blessure à la tête, qui saignait abondamment. Que s'est-il passé ensuite ? Je ne parviens pas à m'en souvenir.

— Ce n'est pas étonnant avec le traumatisme crânien dont vous souffrez.

— Dites-moi, j'ai besoin de savoir. Qui m'a dévêtue ? Vous ou lui ?

— Moi, naturellement, mais Arnaud m'a aidé. Quoi de plus naturel ? Il n'y a rien là qui puisse vous gêner, Diane. Je suis médecin. Quant à Arnaud ...

— Diane ? Pourquoi m'appelez-vous Diane ? Mon nom est Sandra.

La porte venait de s'ouvrir brusquement, poussée par une main impatiente. Mon hôte entrait.

— Sandra, s'écria-t-il, voyez-vous ça ! C'est ton nouveau nom de guerre, ma chérie ? ... J'ai prévenu Michel Delbart que tu aimais à changer de pseudonyme dans ton métier. Celui-ci te va bien. Nous t'appellerons donc Sandra si cela te fait plaisir. Il ne faut jamais contrarier les malades ou les blessés, n'est-ce pas, toubib ?

Puis, sans attendre la réponse de son ami, il ajouta :

— Comment va-t-elle ?

— Aussi bien que possible.

— J'en suis très heureux.

En disant ces mots, Arnaud se dirigeait vers mon lit. Je le regardai approcher, prisonnière de son regard impérieux, incapable de prononcer un mot. Ses yeux d'acier m'intimaient l'ordre muet de ne pas protester. J'admirai sa beauté, son élégance, l'aisance avec laquelle il prononçait des paroles pour moi incompréhensibles. Etais-je bien éveillée ? Ne vivais-je pas plutôt un rêve étrange, incohérent ?

Je me le demandais encore lorsque Arnaud s'inclina brusquement vers moi. Il murmura tout contre mon oreille :

— Ne dites rien. Jouez le jeu. Je vous expliquerai quand Delbart sera parti.

Le médecin s'était détourné pour ranger son tensiomètre dans sa trousse. Arnaud en profita pour se pencher un peu plus encore ...

Stupéfaite, je sentis sa bouche ferme et brûlante se poser sur ma joue, tout près du lobe de l'oreille. Troublée jusqu'au plus profond de moi-même par cette caresse inattendue, je tressaillis avec une intensité qui m'étonna ...

Arnaud me sentit réagir. Lorsqu'il se redressa, un sourire satisfait éclairait son visage.

— Bravo, mon vieux ! lança le docteur qui nous observait. Je vois que tu as enfin oublié ta rancune, renoncé à la haine. Ah ! nous sommes bien tous les mêmes. La femme aimée n'a qu'à reparaître pour que les griefs s'oublient. Les torts s'effacent. Le passé s'estompe et disparaît. Tant mieux !

— Oh ! là, oh ! là, ne t'exalte pas aussi vite, Michel, conseilla Arnaud, sarcastique. Le passé existe. Mais à l'heure actuelle, je sens que Diane ... pardon, se reprit-il aussitôt, Sandra a besoin de mon aide. Je lui ai donc ouvert ma maison, mais pas mon ...

Je le regardais, hypnotisée. Il aurait dit : « mon cœur » si une exclamation du docteur n'avait retenu ce mot sur ses lèvres.

— Voyons, Arnaud, la blessée a besoin de calme et de ménagement. Ce n'est guère le moment ...

— Je voulais préciser que le passé n'est pas mort, contrairement à ce que tu crois ! Quant à l'avenir, j'ignore ce qu'il nous réserve ...

— Beaucoup de bonheur, je vous le souhaite, dit Michel Delbart avec un sourire encourageant.

— Bon, conclut Arnaud, pour l'instant laissons le futur. Occupe-toi de la remettre d'aplomb ... Ce sera long ?

Voulait-il déjà me jeter à la rue ?

— Difficile à préciser, répondit le médecin. Elle est traumatisée et souffre encore de contusions multiples. Les radiographies n'ont pas décelé de fractures mais des ruptures de ligaments. De plus, elle est incapable de se tenir debout. Quand elle commencera à marcher, elle devra s'aider d'une béquille.

Agréable perspective ! J'étais atterrée ! Le docteur continuait :

— Ne t'étonne pas si elle a plus ou moins perdu la mémoire ! Alors, ne la brusque pas ... Sois doux et patient si tu le peux. Elle a besoin de calme et de soins attentifs. Qu'elle prenne ces comprimés si elle souffre trop. Je marque sur la boîte la dose à ne pas dépasser. Pour son alimentation, je vais donner les consignes à Sirikit.

Après avoir posé des médicaments sur la table de chevet, le docteur se tourna vers moi.

— Bon courage, Dia ... Sandra. Ne vous inquiétez pas. Gardez le moral. Je vous le répète au risque de vous mettre en colère : vous avez eu de la chance, finalement. Patience donc. Reposez-vous et laissez-vous choyer. Je reviendrai vous voir demain.

J'aurais aimé lui tendre la main pour le remercier de sa gentillesse. J'allais essayer de le faire lorsqu'il prévint mon geste.

— Ne bougez surtout pas. Pourquoi souffrir inutilement ? ... Au revoir, vous deux. Je dois partir, maintenant. J'ai du travail.

— Je t'accompagne, dit mon hôte en posant affectueusement la main sur l'épaule de son ami.

Condamnée à l'immobilité, je ne pouvais que les suivre des yeux. Sur le seuil de la porte, Arnaud se retourna et me sourit.

— Je reviens dans un instant, promit-il.

Malgré sa promesse, Arnaud tardait à revenir. Sirikit ne se montrait pas non plus.

Dans le palais, un étrange silence régnait. Seule dans cette chambre somptueusement meublée, je laissai d'abord errer mon regard sur les fines sculptures qui ornaient la commode en bois de teck, placée en face de mon lit, sur les ivoires et les jades enfermés dans une vitrine, sur les fauteuils et le canapé recouverts de brocart d'or et d'argent.

J'aurais aimé atteindre le vase de Chine et caresser les pétales veloutés des orchidées. Jamais je n'avais vu autant d'espèces rares assemblées avec une telle profusion.

Quelle étrange aventure étais-je en train de vivre !

Lorsque j'avais décidé d'effectuer à Noël ce voyage à Bangkok, j'étais loin de me douter que des circonstances imprévues me contraindraient à prolonger mon séjour. Je ne devais passer qu'une semaine dans cette ville.

A présent, combien de jours mon état de santé allait-il m'obliger à y rester ? Pourrais-je demeurer chez un inconnu, accepter son hospitalité jusqu'à mon complet rétablissement ? Non, certainement pas. Dès que je serais capable de me déplacer, même avec des béquilles, je reviendrais à l'hôtel Naraï ...

« Ma chambre ne sera plus disponible, pensai-je aussitôt. Elle n'est retenue et réglée que pour une semaine. »

Et mes valises ? Mes valises s'y trouvaient. Il me fallait demander à mon hôte d'envoyer quelqu'un les chercher dès que possible. Sirikit pourrait alors m'aider à passer une chemise de nuit et je serais plus à l'aise.

Arnaud entrait. Du seuil, il demanda :

— Ça va ? Etes-vous tout à fait sortie de l'inconscience ?

— Tout à fait. Mais il me semble être entrée dans un étrange univers. Votre conduite devant le docteur a été pour le moins curieuse ! Vos paroles, incompréhensibles ! Vous me devez des explications ...

— Elles peuvent attendre. Sachez que je n'ai agi ainsi que dans votre intérêt. Je vous expliquerai plus tard ... C'est une longue histoire que la mienne et vous n'êtes pas en état de l'écouter pour le moment.

— Je ne suis pas capable de marcher, d'accord. Remuer les lèvres me fait très mal. Mais je peux vous écouter aussi longtemps qu'il le faudra. Je voudrais savoir ! Je voudrais comprendre !

— Possible, mais moi, je n'ai pas envie de parler de tout cela maintenant, décréta-t-il sur un ton péremptoire.

Il s'assit dans le fauteuil au pied de mon lit, sortit de la poche de son veston d'intérieur un étui en or, l'ouvrit, choisit une cigarette, la porta à ses lèvres. Au moment de l'allumer, il demanda :

— Je peux fumer ? La fumée ne vous dérange pas ?

— Et si je vous répondais qu'elle me dérange, que feriez-vous ?

— Je fumerais quand même ... mais dans une autre pièce, pour satisfaire votre caprice. La place ne manque pas à la Pagode d'Argent ...

— Non, restez ici, la fumée ne me gêne pas, murmurai-je, craignant plus que tout de le voir quitter ma chambre.

Car j'espérais insister un peu plus tard pour qu'il m'explique l'étrangeté de sa conduite.

— Merci de la permission, dit Arnaud d'un air narquois. Puis-je me permettre de vous rappeler que je suis chez moi ?

Je ne le savais que trop !

Que je me sentais humiliée ! Pourquoi, après m'avoir secourue avec générosité, me traitait-il avec une désinvolture qui frisait la cruauté ? Que voulait-il de moi ? Me réduire à l'état d'esclave comme il avait dû le faire avec tous ceux qui l'entouraient ? Mais je réagirais, je répliquerais. Jamais je ne lui permettrais de me mépriser.

— Je ne suis pas capricieuse, affirmai-je soudain.

— Vous dites ? demanda-t-il comme s'il ne m'avait pas entendue.

— Je ne suis pas capricieuse, répétai-je plus fort.

— Oh ! si. Toutes les femmes le sont. Pourquoi feriez-vous exception à la règle ?

J'eus envie de crier :

« Je vous déteste ! » Comme cela m'aurait soulagée ! Mais je retins ce cri sur mes lèvres. Dans l'état de faiblesse qui était le mien, je ne pouvais me permettre une pareille audace. Je ne devais pas l'oublier : pour le moment, je dépendais de lui, hélas ! De son bon plaisir.

Une agréable odeur de tabac blond s'était répandue autour de nous. Arnaud continua de fumer et le silence régna pendant plusieurs minutes. Evoquait-il cette longue histoire, douloureuse sans doute, qu'il ne voulait pas raconter ?

Je trouvai le courage de rompre le silence :

— Mes bagages sont à l'hôtel Naraï. J'en ai besoin. Voudriez-vous les envoyer chercher, s'il vous plaît ?

— Mais, bien sûr, je vais sonner Soucheng, mon chauffeur, et le charger de la commission.

— Croyez-vous qu'on lui remettra mes bagages sans difficulté ?

— Peut-être pas, en effet. Je l'accompagnerai donc. Je saurai mieux que lui expliquer à la réception que vous avez décidé de vous installer chez moi. Tout le monde me connaît à Bangkok ! Evidemment, je ne soufflerai mot de votre mésaventure. Personne n'a besoin de savoir que vous étiez parmi les émeutiers. Vous pouvez compter sur ma discrétion.

J'étais bouillante de rage mais n'osais pas le montrer. Ayant tout à gagner, je choisis d'être polie.

— Voulez-vous me donner mon sac, je vous prie ? La carte qu'on m'a remise à l'hôtel, je veux dire la carte portant le numéro de ma chambre, s'y trouve. Elle vous sera indispensable.

— Quel sac ?

— Le sac que je portais au bras lorsque vous m'avez secourue. Il contient mon passeport, tous mes papiers et mon portefeuille. Vous l'avez rangé quelque part, je suppose, car je ne le vois pas sur la table de chevet.

— Je suis désolé, Sandra. Quand je vous ai trouvée inconsciente, gisant à terre, vous n'aviez pas de sac à main.

Je demeurai interdite. « Pas de sac ! » C'était impossible !

— Quand je voyage, je prends toujours grand soin de tenir mon sac serré contre moi, expliquai-je. Par précaution mon bras gauche est passé dans la bride. On ne peut pas me l'arracher ...

— En temps normal, peut-être, m'interrompit-il. Mais hier les circonstances étaient exceptionnelles. Ce n'était pas votre faute, pourtant les faits sont là : vous vous trouviez parmi des émeutiers. Votre sac n'aura pas été perdu pour tout le monde ! Personne n'a tenté de vous venir en aide, mais pour vous dépouiller, les amateurs n'ont pas manqué ...

— C'est épouvantable ! m'écriai-je. Le correspondant de l'agence de voyages qui a accueilli les touristes à l'aéroport nous a bien recommandé de conserver précieusement notre passeport. Il nous a mis en garde à plusieurs reprises. Et maintenant, le mien est perdu ! Comment rentrer en France ? Que vais-je devenir dans ce pays, blessée, invalide, sans papiers et sans argent ?

Des larmes, que je ne pouvais retenir, m'étaient montées aux yeux. Je les sentais maintenant couler sur mes joues. Arnaud s'était levé. Il s'approcha de moi.

— Mais je suis là, dit-il. Ne vous ai-je pas déjà secourue ? Mon aide vous sera toujours acquise, Sandra. Ne pleurez pas. Calmez-vous. Ce n'est peut-être pas aussi grave que vous le pensez. Il n'est pas de problèmes qui ne trouvent leur solution. Peut-être le voleur renverra-t-il vos papiers à votre hôtel après avoir gardé l'argent ? Cela arrive quelquefois, pas souvent, mais avec un peu de chance ... Nous verrons bien. En attendant je vais aller chercher vos valises.

— On ne vous les donnera pas si vous n'avez pas ma carte de résidente.

— Si, si ! Vous allez écrire une petite note pour le directeur de l'hôtel ...

— Vous oubliez que je ne peux pas écrire. Mon poignet droit me fait trop mal.

— C'est juste. J'oubliais. Je vais la rédiger pour vous. Ensuite vous essayerez de signer. Vous souvenez-vous du numéro de votre chambre ?

— Bien sûr. C'est le 807.

— Alors, j'écris :

« Je soussignée, Sandra ...

— Non, rectifiai-je, Alexandra. Sandra est le diminutif que mes parents et amis emploient en général.

— Et quel est votre nom de famille ?

— Monnier.

— Bon, « Je soussignée, Alexandra Monnier occupant la chambre 807 à l'hôtel Naraï certifie que M. Arnaud Dampierre, habitant la Pagode d'Argent, à Bangkok, chez lequel je réside actuellement, est autorisé à prendre mes bagages ... Je vous donne décharge ... etc. »

— Voilà ... Vous n'avez plus qu'à signer. Mais, après tout, pourquoi ne signerais-je pas à votre place, puisque vous n'avez plus de papiers d'identité pour prouver l'authenticité de votre signature ?

Au point où j'en étais ! ... Je l'approuvai.

— Signez si vous voulez. Je crains de ne pouvoir le faire.

— Eh bien, à tout à l'heure, Sandra. Je reviendrai vite avec vos précieuses valises. En attendant, Sirikit vous tiendra compagnie, conclut Arnaud.

CHAPITRE III

J'étais donc seule de nouveau.

Depuis qu'Arnaud m'avait quittée, je mesurais mieux la gravité de la situation. Ainsi on m'avait tout volé, papiers et argent ! Je regrettais de ne pas avoir suivi les conseils de l'employé de l'agence de voyages. Cet homme avisé avait recommandé aux touristes de déposer dès leur arrivée à l'hôtel leurs passeports, devises et bijoux dans un coffre mis à la disposition des clients. Si j'avais eu la sagesse de l'écouter, je ne serais pas ainsi démunie de tout.

« Je suis là, moi, m'avait dit Arnaud ... Ne pleurez pas. »

Sur le moment, ces paroles m'avaient rassurée. Je ne m'étais donc plus souciée que de récupérer mes bagages, les seuls objets qui m'appartenaient encore sur cette terre étrangère. Maintenant, j'avais le loisir de réfléchir ...

L'avenir, l'avenir immédiat en tout cas, me paraissait bien sombre. Je dépendais complètement du bon vouloir de cet homme étrange et tyrannique. J'étais totalement à sa merci, prisonnière de son palais, immobilisée sur un lit, incapable même d'écrire une lettre pour demander de l'aide en France. J'étais gardée, peut-être même surveillée par Sirikit ...

La jeune fille venait d'entrer. Je n'avais pas entendu la porte s'ouvrir. Le tapis épais étouffait le bruit de ses pas et sans doute ne voulait-elle pas troubler le silence de ma chambre. Elle alla s'asseoir sur un pouf auprès de la commode, y demeura aussi immobile qu'une statue, les yeux fixes. Sirikit devait me croire endormie car, pendant de longues minutes, elle ne tourna pas une fois la tête vers mon lit.

Je me lassai vite de contempler la frêle silhouette, le visage impassible. Mais j'aurais donné cher pour connaître ses pensées, la nature des sentiments qui la liaient à Arnaud.

« Donné cher ... » cette expression qui me venait à l'esprit me rappela mon dénuement. Je ne pouvais plus rien donner, je ne possédais plus un *bath* ! Je devais tout attendre de la charité d'autrui. Et cette charité, de quel prix me la ferait-on payer ?

En général, je me montrais forte devant les épreuves de la vie. Mais dans cette situation exceptionnelle, mon courage habituel m'abandonnait. Les coups que j'avais reçus, les calmants qu'on m'avait administrés, expliquaient sans doute en partie ma soudaine faiblesse. Je n'osais pas gémir, je n'osais pas me plaindre. Je ne pus m'empêcher de pleurer.

Lorsque Arnaud revint, il me surprit le visage inondé de larmes. Sirikit s'était levée d'un bond dès que son maître était entré.

— Eh bien, Sirikit, demanda-t-il aussitôt d'une voix dure, est-ce ainsi que tu veilles sur la malade ? Que se passe-t-il ? Elle est en larmes ! Ne pouvais-tu la consoler ?

— Je ne savais pas qu'elle ... Enfin, je croyais qu'elle dormait, monsieur.

J'intervins avec fermeté :

— Laissez donc Sirikit tranquille ! Elle n'est pas responsable de ce qui m'arrive. Je pleurais en silence, c'est mon droit, non ?

— Je vous l'avais interdit, pourtant.

— Je n'ai pas à vous obéir. Si vous croyez que c'est gai d'avoir perdu passeport et argent ... Vous êtes un homme. Vous ignorez que les larmes soulagent les femmes ...

— Et les affaiblissent ! m'interrompit-il. Vous avez besoin de toutes vos forces, Sandra, pour vous rétablir ... et pour encaisser un nouveau coup du sort. Je ne vous cacherai pas plus longtemps que je reviens de l'hôtel Naraï les mains vides.

— Vous voyez bien ! On n'a pas voulu vous remettre mes valises parce que vous n'avez pas pu présenter à l'hôtel la carte de résidence qu'on m'a volée avec le reste ! J'irai les chercher moi-même dès que je pourrai marcher.

— Non, Sandra, ce n'est pas la peine. On m'aurait donné vos bagages s'ils avaient été ... dans votre chambre. Votre mot suffisait ... Mais ils n'y étaient plus.

Je le regardai avec des yeux agrandis par la stupeur. Si mes valises n'étaient plus dans ma chambre, où étaient-elles ?

S'apercevant que Sirikit nous écoutait, Arnaud lui ordonna sèchement :

— Va à la cuisine ! Vois ce qu'on nous prépare pour le dîner. Tu connais mes goûts. Veille à ce que Savek en tienne compte.

La jeune Thaïlandaise sortit aussitôt, soulagée de s'éloigner de son maître dont elle redoutait visiblement la colère.

— Savek est mon cuisinier, m'expliqua Arnaud.

Je me moquais bien qu'il eût un ou plusieurs cuisiniers.

— Alors, mes valises ? Où sont-elles ? Elles ne se sont quand même pas envolées ...

Il esquissa un geste vague.

— Comment voulez-vous que je le sache ? On m'a dit seulement que quelqu'un était venu les chercher avant moi et qu'on les lui avait remises.

Je n'étais pas encore assez lucide pour comprendre ce qui s'était passé.

— Comment est-ce possible ?

— Je suppose que la personne qui s'est présentée à l'hôtel — on n'a pas pu me dire s'il s'agissait d'un homme ou d'une femme — possédait tous vos papiers. A la vue de votre passeport, et d'une lettre écrite en thaïlandais, le directeur, constatant votre absence prolongée de l'hôtel, n'a pas hésité à « faire suivre » vos bagages à « votre » nouvelle adresse.

— Mais c'est un vol ! m'écriai-je.

— Eh oui ! Un de plus ! Décidément, vous n'avez pas de chance en Thaïlande, Sandra. Est-ce la première fois que vous venez dans ce pays ?

— La première et la dernière, soyez-en sûr ! Dès que je pourrai en partir ...

— Ce n'est pas pour demain. Sans passeport, je ne vois pas comment vous pourriez quitter Bangkok.

— Vous cherchez à me désespérer, non ?

— Qu'y a-t-il de désespérant à demeurer à la Pagode d'Argent auprès de moi ?

Sans répondre à la question, je suivis mon idée :

— Avant de sortir, vous m'affirmiez que le vol dont j'avais été la victime n'était pas si grave. Et maintenant ...

— Maintenant, je sais que les voleurs se sont servis de votre passeport pour récupérer vos bagages. J'en conclus qu'ils n'ont certainement pas l'intention de vous rendre vos papiers ! Ils vont en tirer parti ... Voilà, autant regarder la vérité en face. Dans toute manifestation se glissent des éléments peu recommandables à l'affût du pillage. Ils profitent de ces mouvements de masse pour voler dès que l'occasion se présente. C'est bien connu.

La logique de son raisonnement était irréfutable, désolante surtout. Je me tus, accablée, ravalant mes larmes pour ne pas l'exaspérer.

Arnaud sortit son étui à cigarettes de sa poche

et, sans me demander la permission cette fois, en alluma une.

Puis il s'approcha encore plus près de moi et s'assit sur le bord du lit.

— Ne vous tourmentez pas, Sandra, conseilla-t-il. Je remplacerai tout ce qu'on vous a pris. Il vous suffira de dresser la liste des vêtements que contenaient vos valises et ...

— Merci, l'interrompis-je, mais vous ne pourrez pas me procurer un nouveau passeport, je suppose.

— Je crains que non.

— Alors ?

— Alors, je vous garde, c'est simple. D'ailleurs, pour le moment, où iriez-vous ? Vous avez besoin de repos. Où seriez-vous mieux soignée qu'ici ? Plus tard, quand vous serez complètement rétablie, je verrai ce qu'il convient de faire. Ayez confiance en moi, Sandra.

Sa voix étrangement adoucie me rassurait, me redonnait un peu d'espoir. Il posa sa cigarette sur le bord d'un cendrier en émail cloisonné. Délicatement, il sécha les larmes qui avaient coulé sur mes joues et jusque sur mon cou.

— A-t-on idée de se mettre dans un état pareil ? Vous n'êtes plus une enfant pourtant, pour pleurnicher comme un bébé. A propos, quel âge avez-vous ?

— Vingt ans.

— Et votre père vous a permis de partir toute seule pour visiter un pays aussi lointain que la Thaïlande ? N'était-ce pas imprudent ?

— Mon père est mort au mois d'avril dernier, en quelques minutes, victime d'un infarctus ...

— Excusez-moi, dit Arnaud. Je ne pouvais pas deviner.

— Et je n'ai plus de mère, non plus. Je l'ai perdue lorsque j'avais six ans.

Je crus voir une étrange lueur d'intérêt briller dans les yeux de mon hôte.

— Si je comprends bien, personne n'attend vraiment votre retour en France ?

J'évoquai alors ma jeune belle-mère, mon aînée de huit ans à peine. Mon père l'avait épousée quelques années plus tôt. Je ne l'avais jamais acceptée ... C'était pour ne pas passer Noël seule avec elle que j'avais choisi de faire ce voyage. J'étais majeure. Elle n'avait pas pu s'y opposer.

— Non, on ne m'attend pas vraiment, lui répondis-je.

— Personne ne s'inquiétera donc si vous ne rentrez pas à la date prévue ?

— Je ne crois pas.

— Alors, votre situation n'est pas aussi catastrophique que vous l'imaginez. Personne n'espère votre retour et moi, je ne demande qu'à vous garder ici.

— Pourquoi ?

— Parce que je m'ennuie parfois dans ce palais. Et pourtant, je peux m'offrir toutes les femmes que je désire ... Disons que vous, vous me plaisez, ma petite Sandra. Vous me plaisez vraiment. C'est tout.

Comment pouvais-je lui plaire avec cet énorme pansement sur le front, mes lèvres tuméfiées, mes joues couvertes d'ecchymoses, mes paupières rougies par les larmes ?

J'étais jolie ... On me l'avait dit trop souvent pour que je l'ignore. Mais tel qu'il était, mon visage ne pouvait attirer personne. Surtout pas un homme du genre d'Arnaud ... Alors, qu'est-ce qui lui plaisait en moi ? Mon corps ?... Oui, c'était certainement ce corps, qu'il avait dévêtu lui-même ... A cette idée, je me sentis devenir écarlate.

Il se pencha vers moi. Sans doute craignait-il de me faire mal en appuyant davantage ses lèvres qui effleurèrent seulement ma bouche, puis descendirent lentement, toujours aussi légères, pour se poser, possessives, au creux de mon cou. Là, il prolongea son baiser pendant que sa main caressait mes longs cheveux sans que je fasse le moindre geste pour l'écarter.

Arnaud venait de m'ouvrir la porte d'un royaume enchanté, celui de la passion dont j'ignorais tout jusqu'à cette minute. Il me sentit tressaillir, trembler même sous sa caresse.

Il se redressa légèrement, constatant avec un sourire de victoire qu'il ne chercha pas à dissimuler :

— Alors, Sandra, on s'apprivoise ? Vous comprenez maintenant qu'un séjour à la Pagode d'Argent, un séjour même long, peut être fort agréable pour nous deux ...

Un sursaut de révolte s'empara de moi.

— Vous n'aviez pas le droit de profiter de ma faiblesse pour ...

— Pour vous embrasser dans le cou ? Vous plaisantez, non ? Ce n'est pas bien grave. Je venais de vous dire que vous me plaisiez et vous paraissiez incrédule ! J'ai voulu vous prouver que j'étais sincère. Maintenant, si vous n'aimez pas les baisers, je vous laisse.

Il s'est levé. Aussitôt, je me suis sentie abandonnée, malheureuse ... J'ai cherché à en savoir davantage :

— Vous venez de m'embrasser pour me prouver que je vous plaisais réellement, admettons. Mais pourquoi m'avez-vous déjà embrassée devant le docteur ?

— Vous n'avez pas apprécié ?

— La question n'est pas là. Pourquoi avoir joué cette comédie ?

Arnaud se rassit. Puis il commença :

— Vous venez de trouver le mot juste : il s'agissait d'une comédie, en effet ... Lorsque je vous ai amenée chez Delbart après vous avoir ramassée dans la rue, j'ai pensé qu'il ne refuserait pas de s'occuper de vous, si je vous faisais passer pour ma femme.

« Si je lui avais dit la vérité, c'est-à-dire que vous étiez une inconnue, malmenée pendant la bagarre, il m'aurait certainement conseillé de vous laisser dans un des hôpitaux de la ville où on aurait fini par vous prendre en charge. Il n'aurait pas voulu courir le risque de soigner à domicile une activiste contestataire, peut-être recherchée par la police. Mais il ne pouvait mettre à la porte la femme de son meilleur ami ...

Je protestai avec vivacité :

— La femme de son meilleur ami, il devait bien la connaître, non ? Comment a-t-il pu la confondre avec une autre ?

— Michel n'a confondu personne. Il n'avait jamais vu Diane. Lorsqu'elle vivait avec moi, nous habitions Chiang-Maï. Je ne suis venu m'installer à Bangkok qu'après son départ il y a trois ans. C'est à ce moment-là que j'ai rencontré Michel Delbart et que nous sommes devenus des amis.

Tout s'éclairait ... Je comprenais pourquoi Sirikit m'appelait « Madame ». Les paroles qui m'avaient paru tellement obscures, lorsque le docteur les avait prononcées à mon chevet, prenaient un sens.

— D'ailleurs, continuait Arnaud, en y réfléchissant, je suis assez satisfait de ma trouvaille ! En vous faisant passer pour Diane qui serait revenue d'un long voyage et qui aurait été blessée au cours de la manifestation d'hier, je ne pensais qu'à vous procurer le plus rapidement possible les soins dont vous aviez besoin. Apprenant aujourd'hui que vous avez perdu vos papiers, je trouve que cette substitution d'identité est très astucieuse ! Vous n'avez plus de passeport, mais tant que vous resterez chez moi, vous n'en aurez pas besoin. Pour tous, vous serez Mme Arnaud Dampierre. Que dites-vous de cela ? Génial, non ?

J'étais abasourdie, assez inquiète ... Ne sachant que répondre, je me bornai à demander :

— Etes-vous toujours aussi satisfait de vous-même ?

— Pas toujours, mais aujourd'hui il faut avouer que j'ai lieu de l'être ! Je vous avais dit de me faire confiance. Vous voyez, j'avais raison. Vous voilà rassurée, j'espère ?

Je ne l'étais guère, pourtant. Devina-t-il ce qui me tourmentait ? En constatant que je ne soufflais mot, il ajouta avec un cynisme qui me révolta :

— Oh ! soyez sans inquiétude, je ne vous obligerai pas à partager ma chambre ...

Bien que suffoquant d'indignation, je parvins à dire :

— Mais je l'espère bien ! Il ne manquerait plus que cela ! Pour qui me prendriez-vous ?... Je me demande si vous êtes conscient de l'insulte que contiennent vos paroles.

Il eut un haussement d'épaules.

— Je constate que vous n'avez pas le sens de l'humour, que vous n'entendez pas la plaisanterie. Parfait ! Je m'en souviendrai.

— Vous avez, en vérité, de curieuses manières de plaisanter avec une jeune fille. Apprenez que je suis sérieuse et que j'ai horreur de ce genre de plaisanteries.

Il haussa les épaules de nouveau et s'assit dans le fauteuil au pied de mon lit. J'admirai son profil énergique au dessin parfait. Sous l'effet de la contrariété, sa bouche s'était durcie, ses yeux gris étincelaient. Je me sentais gênée.

Le silence régna pendant quelques minutes. Un silence devenant si insupportable que je le rompis.

— Dites-moi, Arnaud, si j'ai bien compris, personne à Bangkok ne connaît votre femme ?

— Non, personne. Nous habitions, je vous l'ai dit, à Chiang-Maï. C'est une ville située à huit cents kilomètres d'ici.

— Diane vous a quitté il y a trois ans. En admettant que j'accepte de passer pour elle jusqu'à mon complet rétablissement, qu'adviendrait-il de moi si elle revenait ?

Arnaud éclata de rire, un rire mauvais, cruel. Un rictus de haine déformait ses traits lorsqu'il affirma :

— Revenir ? Oh ! non, soyez tranquille. Elle ne reviendra pas. Je sais qu'elle est partie pour toujours. Diane me trompait depuis longtemps avant de suivre un de mes meilleurs amis, suivant l'usage. Elle ne m'a même pas écrit de mot d'adieu. Un soir, en revenant à la maison pour dîner, j'ai constaté que l'oiseau s'était envolé. J'ai appris plus tard par les journaux qu'elle tournait un film aux Etats-Unis. Eh oui ! j'avais eu la sottise d'épouser une actrice, comme si j'ignorais que beaucoup sont volages. Notre chère vedette a donc recommencé avec fougue la brillante carrière qu'elle avait interrompue par amour pour moi ...

Lorsqu'il prononça ces derniers mots, une mordante ironie vibrait dans la voix d'Arnaud.

« Comment peut-on quitter un homme pareil lorsqu'on a la chance d'être aimée de lui ? » me demandai-je, en regardant mon hôte qui continuait son récit.

— J'ai quitté Chiang-Maï pour fuir le souvenir de cette femme détestée. Le soir de son départ, j'ai enlevé mon alliance d'un geste rageur. Mais vous voyez, je la porte de nouveau. A Bangkok, je ne vis pas comme un moine. Mes amies, me croyant marié, ne se font aucune illusion sur la suite que pourraient avoir nos brèves rencontres ... Afin de mieux abuser notre entourage, je vous offrirai une alliance semblable si vous le désirez ...

— Le jour où je porterai une alliance, Arnaud, je serai mariée. Mariée pour de bon !

— Comme vous voudrez. Dans ce cas, ne comptez pas sur moi pour vous la passer au doigt. Chat échaudé craint l'eau froide ... Même libre, je ne me remarierai jamais. Il me semble honnête de vous prévenir.

L'insinuation me révolta :

— Me prévenir ! Pourquoi ? Je ne me jette pas à votre tête ...

— Exact. Excusez-moi. Je pensais que peut-être, en vivant ici, vous vous feriez quelques illusions pour l'avenir.

— Je n'en ai pas la moindre envie !

J'étais furieuse. Décidément, cet homme avait le don de m'exaspérer. Mais il m'avait secourue, recueillie et cela, je ne devais pas l'oublier. J'étais son obligée, quoi qu'il m'en coûtât.

Arnaud prit alors un petit paquet qu'il avait

lancé sur le lit lorsque, en entrant, il m'avait trouvée en larmes.

— Tenez, dit-il, à défaut de valise, je vous ai quand même rapporté quelque chose. Je me suis arrêté dans une boutique pour acheter ce qui devait vous manquer le plus. Voici, ouvrez vous-même.

— Je peux à peine bouger ... lui rappelai-je.

— C'est vrai, j'oubliais.

Il cassa la ficelle d'un coup sec et d'un petit carton tira une chemise de nuit en soie naturelle, bordée et incrustée de fine dentelle. Je n'en avais jamais porté de si luxueuse.

— Oh ! merci, murmurai-je.

— Je vais appeler Sirikit, dit Arnaud en posant la chemise sur un fauteuil, elle vous aidera à la mettre.

Puis, sans attendre de nouveaux remerciements, il sonna et passa dans la chambre voisine.

CHAPITRE IV

— Voilà, vous vous sentirez mieux, constata Michel Delbart après m'avoir débarrassée du pansement qui m'encerclait le front et nettoyé la blessure. Je ne vous ai pas fait trop mal, j'espère ?

— Non, c'était supportable, merci.

En réalité, ces soins, bien que prodigués d'une main légère, n'avaient pas été très agréables mais j'aurais consenti à souffrir plus encore pour que mon visage retrouvât un aspect attrayant et un peu de la beauté que mes amis vantaient lorsque j'habitais Paris.

Comme s'il devinait mes pensées, le docteur s'écria :

— Encore un peu de patience, Diane ...

Malgré moi, je tressaillis en entendant le prénom qui me rappelait le souvenir de cette femme dont j'aurais préféré oublier l'existence.

— J'espère que cela ne vous ennuie pas que je vous appelle Diane. C'est le prénom que votre mari employait lorsqu'il évoquait le passé les soirs de mélancolie. C'est celui qui m'est venu spontanément aux lèvres.

J'eus envie de lui crier que je n'avais rien de commun avec cette créature que je méprisais du fond de mon cœur. J'eus envie de lui raconter mon histoire, de lui dévoiler la supercherie inventée par Arnaud. Après tout, Michel Delbart était son ami, pourquoi mon hôte continuerait-il à le duper ? Pourquoi ne pas lui dire qui j'étais et lui demander de garder le secret ?

Pourtant, je n'osai pas parler de peur de déplaire à mon « prétendu » mari et d'encourir de sévères reproches.

Le docteur continuait :

— Je comprends qu'une vedette aussi jolie que vous ait hâte de retrouver tout l'éclat de sa beauté. C'est pourquoi je vous conseille d'avoir encore un peu de patience. Je pourrai bientôt enlever les points de suture. La plaie se cicatrisera vite maintenant.

Il me sourit pour m'encourager.

— Et puis, ajouta-t-il, n'oubliez pas que Sirikit a des mains de fée. Comme beaucoup de ses compatriotes, elle est très douée pour les massages. Profitez-en. Après mon départ, demandez-lui de passer cette lotion sur les ecchymoses qui colorent encore votre menton et vos joues. Elle étalera ensuite cette pommade et tout s'arrangera vite, vous verrez.

Une question que j'hésitais à formuler m'était venue aux lèvres.

— Peut-on employer cette lotion et cette pommade pour atténuer les bleus que j'ai un peu partout ? demandai-je en dépit de ma timidité.

— Vous voulez dire sur le corps, n'est-ce pas ?
J'inclinai la tête.

— Bien sûr, répondit-il en souriant. J'allais d'ailleurs vous le conseiller. Pourtant, avant d'appliquer ce traitement, il serait prudent d'ôter votre ravissante chemise de nuit. La pommade est grasse, vous comprenez ? Mettez quelque chose de moins fragile, quelque chose d'usagé que vous pourriez jeter ensuite.

— Encore faudrait-il avoir autre chose ! Oh ! c'est vrai, vous ne savez pas ... J'avais laissé mes bagages à l'hôtel ...

— Je comprends, m'interrompit-il, vous ignoriez comment Arnaud vous recevrait après trois ans d'absence. Alors vous êtes descendue à l'hôtel ...

Qu'il m'était pénible d'endosser la personnalité d'une autre ! J'aurais aimé hausser les épaules, cela m'aurait soulagée !

— J'avais laissé mes bagages à l'hôtel, repris-je. Ils m'ont été volés ... Voilà, je n'ai plus rien, vous entendez, plus rien. Sauf ce déshabillé qu'Arnaud m'a acheté.

Le docteur vit les larmes qui me venaient aux yeux.

— Allons, gronda-t-il, vous n'allez pas pleurer, tout de même. Pourquoi vous tourmenter pour si peu ? La perte de bagages, ou le vol, si vous voulez, serait dramatique pour quelqu'un qui n'aurait pas les moyens de remplacer les objets dérobés. Ce n'est pas votre cas, je suppose. Vous devez avoir un compte en banque bien garni en

Amérique après les films que vous avez tournés. Et puis, Arnaud est là. Demandez-lui d'acheter ce qui vous est nécessaire. Entre nous, il n'a pas de problème d'argent ...

— Je ne veux rien demander à Arnaud, vous comprenez ?

— Alors, désirez-vous que je vous aide ? Dites-moi ce que vous aimeriez avoir, j'enverrai Sirikit l'acheter.

Envoyer Sirikit faire des achats, des achats payés par Michel Delbart, Arnaud ne me le pardonnerait jamais !

— Vous me rembourserez plus tard, insista-t-il, lorsque vous le pourrez.

— Merci, docteur, mais ...

— Appelez-moi Michel. Je suis votre ami.

— Merci, Michel, votre offre me touche beaucoup. Mais je crois qu'il sera préférable que j'oublie tout orgueil et que je m'adresse à mon ...

Le mot hésitait à franchir mes lèvres. Il était si nouveau, si incongru, tellement usurpé surtout.

— A mon mari, achevai-je pourtant.

— C'est mieux, en effet. D'après ce que je sais, il ne demande qu'à vous rendre service ... Maintenant, essayez de vous lever. Il est temps de voir si vous pouvez vous tenir debout. Une immobilité prolongée ne vaudrait rien pour votre état général.

D'un geste preste, Michel avait rejeté le drap et la couverture au pied de mon lit. Je pensai à la gêne que j'aurais éprouvée si Arnaud avait été à sa place. Mais avec Michel, je me sentais en confiance. N'était-il pas médecin ?

— Asseyez-vous d'abord, conseilla-t-il.

— Vous croyez que je pourrai ?

— Mais oui, je vais vous aider. Tendez-moi votre main gauche et bougez le moins possible le côté droit. C'est celui qui a été le plus malmené. Là, appuyez-vous sur moi.

Je réussis à m'asseoir sans trop souffrir. En fait, beaucoup plus aisément que je l'aurais cru.

— Maintenant, debout, dit le docteur sur un ton énergique. Votre cheville droite est bien bandée. Vous pourrez vous appuyer sur elle, mais légèrement, bien entendu.

— Il y a trois jours, vous m'avez dit que je devrais marcher avec des béquilles. En avez-vous apporté ?

— Non, je ne crois pas qu'elles soient indispensables, précisa-t-il en riant. Devant Arnaud, j'ai un peu exagéré la gravité de vos blessures. Vous comprenez, j'avais peur qu'il ne vous fît des reproches et même des scènes violentes, très désagréables pour vous, et qui auraient compromis votre rétablissement. C'est le genre d'homme qui se croit irrésistible ...

« Mais, il l'est ! pensai-je en moi-même. Il l'est, il le sait et il en profite ! »

— Arnaud n'a jamais pu admettre que vous lui ayez préféré un de ses amis. Votre départ l'a mortifié et lui aurait donné des complexes si ...

J'achevai à sa place en riant de bon cœur :

— S'il était capable d'en avoir. Heureusement, ce n'est pas le cas.

— Quoi qu'il en soit, j'ai noirci la situation pour que votre mari vous fiche la paix, qu'il vous soigne et vous dorlote. C'est ce qu'il a fait, j'espère.

— Pas précisément. En trois jours, je ne l'ai pas vu plus de dix minutes. Il traverse ma chambre, le matin, avant de partir pour l'usine qu'il dirige, et le soir en allant se coucher dans la pièce voisine. Il s'est à peine arrêté un instant chaque fois pour prendre de mes nouvelles.

— Eh bien, constata le docteur, jovial, je ne lui en demandais pas plus. Il vous a laissée en paix, c'est déjà ça. Vous en avez profité pour vous reposer et vous rétablir, en partie du moins. Je vous trouve beaucoup mieux. C'est le principal. Alors, n'en veuillez pas à Arnaud s'il n'a pas passé la journée entière à votre chevet. Il l'a fait lorsque vous étiez à demi inconsciente le premier jour. Il ne pouvait pas continuer à vous consacrer tout son temps. C'est un homme très surmené que votre mari, Diane. Il travaille énormément. Mais lorsque vous serez rétablie, je suis sûr qu'il s'occupera de vous davantage.

Un sourire lourd de sous-entendus apparut sur les lèvres du médecin. Cela suffit pour m'irriter.

— Je n'ai peut-être pas envie qu'il s'occupe de moi, figurez-vous !

— Ah ! mais si ! A l'instant, vous déploriez qu'il n'eût pas passé plus de temps dans votre chambre. Vous ne pouvez le nier. Vous souhaitez donc qu'il s'attarde ici ... Mon raisonnement est logique, non ?

La mauvaise humeur que sa déduction venait de faire naître en moi me poussa à répliquer avec une vivacité que je regrettai aussitôt :

— Logique, peut-être. Mais ce sont mes affaires, elles ne vous regardent en rien. Je vous dispense de les commenter. Occupez-vous de ma santé, s'il vous plaît, pas de deviner mes pensées les plus secrètes.

En constatant l'ingratitude dont je payais ses soins pourtant vigilants, Michel, au lieu de se mettre en colère, éclata de rire.

— Bravo ! Diane, vous n'avez rien perdu de votre punch ! Je constate que votre cerveau fonctionne aussi bien qu'avant ce traumatisme crânien qui ne laissera sans doute aucune trace. J'en suis ravi. Voyons maintenant si vos jambes sont en aussi bon état. Allons, courage, levez-vous.

Il posa ses mains sous mes aisselles pour me soutenir, pour éviter que tout le poids de mon corps ne portât sur ma cheville luxée.

Au même moment, la porte s'ouvrit. Arnaud entra en coup de vent. En nous voyant Michel et moi debout, très proches l'un de l'autre, mon « mari » se méprit. Sous le coup de la surprise ou de la colère, il laissa tomber sur le tapis chinois la volumineuse valise qu'il portait.

— Eh bien ! j'arrive à temps, s'écria-t-il. Une seconde plus tard et je vous trouvais dans les bras l'un de l'autre en train de vous embrasser.

Le docteur ouvrait la bouche pour protester mais Arnaud, ne lui laissant pas le temps d'articuler un mot, continuait, pâle de rage.

— Je te croyais mon ami, Michel, mais tu es comme les autres. Oh ! je connais tes goûts. Sandra est tout à fait ton type ... Alors tu te dis : « Pourquoi pas moi ? Je suis là, je tente ma chance ! » Pas de veine, mon vieux, c'est raté ! Je suis arrivé au bon moment, enfin au bon moment pour moi, au mauvais pour toi, bien sûr ! Maintenant laisse-la en paix ! Lâche-la !

Arnaud, d'un bond, nous avait rejoints. Je crus qu'il allait frapper le docteur. Celui-ci fit une rapide volte-face. Le flegme de Michel dut impressionner le forcené qui s'immobilisa à deux pas de lui.

— Du calme, Arnaud, recommanda Michel sans s'émouvoir. Tu deviens agressif envers moi. C'est assez rare pour que je le remarque. Tu aurais besoin de prendre des tranquillisants. Je vais t'en prescrire si tu le désires ... Diane, voulez-vous expliquer à votre mari que j'étais en train de vous soutenir pour vous aider à marcher lorsqu'il est entré comme un fou ? Peut-être vous croira-t-il ? En tout cas, moi, comme je n'aime pas qu'on m'insulte, je vous laisse. Débrouillez-vous tous les deux. J'ai du travail et pas de temps à perdre.

Michel fit quelques pas vers la porte et se retourna pour lancer :

— Moi aussi, je croyais que tu étais mon ami, Arnaud. Tes soupçons aussi injurieux qu'injustifiés me prouvent le contraire. Eh bien, bonsoir. Appelle qui tu voudras auprès de Diane. Elle va beaucoup mieux d'ailleurs. Mon remplaçant n'aura pas trop de mal à la « remettre sur pied », si j'ose dire ...

— Restez, Michel, m'écriai-je, Arnaud va vous faire des excuses.

Le docteur avait déjà claqué la porte.

— Les excuses, vous savez, ce n'est pas mon genre, commença Arnaud, assez penaud malgré tout.

Je l'interrompis, fâchée moi aussi qu'il eût osé me soupçonner.

— Vous avez tort. Quand on s'est trompé, il faut avoir le courage de le reconnaître.

— Ainsi, je me serais trompé ? demanda-t-il d'une voix adoucie.

— Naturellement, la jalousie vous égare ...

— Ah ! parce que vous vous imaginez que je suis jaloux de vous ! Eh bien, mon cœur, vous ne manquez pas de souffle ! Si Delbart ne croyait pas que vous êtes ma femme, vous pourriez l'embrasser autant que vous le voudriez sans que j'y trouve à redire. Seulement voilà, il croit que nous sommes mariés ...

— A qui la faute ?

— A moi, sans aucun doute. Quoi qu'il en soit, mes expériences passées me suffisent. Alors, tenez-vous-le pour dit et conduisez-vous avec décence pendant le temps que vous passerez à la Pagode d'Argent. C'est un ordre.

Que j'avais été folle de penser, de supposer, ne serait-ce qu'un instant, que je suscitais sa jalousie ! J'avais même osé m'en réjouir pendant cette scène de violence.

Arnaud se moquait pas mal de moi. Seul, l'orgueil lui dictait sa conduite. La peur du ridicule le tenaillait et l'avait poussé à se priver d'une amitié sincère.

— Je n'ai pas d'ordre à recevoir de vous, répliquai-je.

— Mais si, Sandra, parce que je suis le maître ici, je vous l'ai déjà dit.

— Ne m'avez-vous recueillie que pour me réduire en esclavage ?

Une étrange lueur passa dans l'acier impitoyable de son regard.

— Non, sur le moment, j'ai simplement obéi à la pitié. Mais, plus je vous connais, plus je m'aperçois que vous ressemblez à un jeune animal farouche. Comment le soumettre ?

Il vit mes sourcils se froncer, aussi se hâta-t-il de rectifier :

— L'apprivoiser, si vous préférez. J'aimerais bien m'en charger.

Lorsque le docteur m'avait lâchée pour se défendre si besoin était, je m'étais laissée tomber sur le lit.

Arnaud s'en approcha, et je ne pus m'empêcher de trembler.

— Si vous osez me toucher, je crierai, je vous en préviens, menaçai-je.

— Mais non, vous ne crierez pas. Croyez-vous que je vous aurais sauvée si je voulais vous nuire ? N'ayez pas peur. Je ne vous ferai aucun mal. Je veux simplement vous apprendre un peu à vivre ... Ainsi, j'ai empêché ce bon docteur, ce cher et loyal ami, de voir si vous étiez assez forte pour marcher ? C'est bien votre version des faits, n'est-ce pas ?

— Mais, c'est la vérité, affirmai-je avec force. Je venais de me mettre debout et il me soutenait lorsque vous êtes entré ... sans même frapper, ajoutai-je.

— Ah ! parce que, même chez moi, je dois frapper avant d'ouvrir une porte ?

— Par courtoisie, oui, sans aucun doute. Surtout quand le docteur est là.

— Tiens, pardi, on n'est jamais trop prudent, ironisa-t-il ... Mais laissons cela. Me croirez-vous si je vous dis que j'ignorais que Delbart était auprès de vous ? J'étais simplement pressé de rentrer. J'avais passé une grande partie de l'après-midi dans les magasins à me creuser la cervelle pour me rappeler le nom de tout ce qui est nécessaire à une jolie fille comme vous. J'ai sans doute oublié certaines choses. Vous ferez l'inventaire de mes achats avec Sirikit et vous me direz ce qui vous manque encore. J'achèterai le complément demain.

Ainsi, Arnaud avait passé son temps à remplir cette volumineuse valise d'objets qu'il me destinait, d'objets qu'il avait choisis lui-même, un à un. Je le croyais enfermé dans son bureau et il courait les magasins. Il se souciait donc de moi, lui aussi ! Cette constatation me réchauffa le cœur.

Sans me laisser le temps de le remercier, il ajouta :

— Vous voyez que, sans être docteur, j'ai

pensé que vous pourriez vous lever aujourd'hui. Alors, j'ai voulu vous apporter de quoi vous vêtir. Si vous voulez dîner avec moi, ce soir, dans la petite salle à manger du palais — la grande serait trop solennelle pour nous deux — il va falloir choisir une toilette élégante si possible. Mais avant, vous devez savoir si vous êtes assez forte pour vous tenir debout. Puisque mon arrivée, intempestive, j'en conviens, a interrompu l'expérience, nous allons la recommencer. Je vais vous aider. Alors, expliquez-moi ... Comment dois-je vous tenir ?

Piquée au vif par son ironie, je réussis à poser les pieds à terre en lui demandant :

— Puisque vous avez eu la bonté de m'acheter des vêtements, voulez-vous m'apporter une robe de chambre, s'il vous plaît ?

— Pourquoi faire ? Vous n'en aviez pas avec l'autre.

— Il est médecin.

— Et moi, je suis votre mari, ne l'oubliez pas.

— Arnaud, je vous en prie. Ne jouez pas cette comédie idiote. Lorsque nous sommes seuls, elle n'a aucun intérêt.

— Ah ! Vous trouvez ? Eh bien, je vais vous prouver le contraire ... Donc, d'après ce que j'ai pu voir, il vous tenait comme cela, sous les bras, n'est-ce pas ?

En parlant, il posa ses mains sous mes aisselles pour me soulever. Je n'avais pas la moindre envie de bouger.

— Allons, debout, dit-il.

Comprenant que je devais lui obéir, je me levai. Mais il ne me donna pas le temps de savoir si je pouvais faire porter le poids de mon corps sur ma cheville blessée. Dès que je fus debout, il m'attira à lui et me souleva. Comme il était beaucoup plus grand que moi, son bras gauche me maintenait serrée contre sa poitrine, mes pieds ne touchaient pas le tapis.

J'aurais voulu me débattre, lui résister mais la difficulté que j'éprouvais encore à bouger mes membres, me rendait toute réaction défensive difficile, voire impossible.

Valide, je lui aurais bourré les jambes de coups de pied, je l'aurais griffé, peut-être mordu ... Mais je me sentais trop affaiblie, trop diminuée pour oser la moindre rébellion.

Son bras droit encercla alors ma taille et m'appliqua vigoureusement contre lui.

Il voulait me faire désirer le baiser qu'il s'apprêtait à m'imposer. Il souhaitait que je l'appelle de tous mes vœux. Sans doute aurait-il aimé que, la première, je lui offre mes lèvres. Mais je gardai assez d'empire sur moi-même pour me tenir absolument immobile, presque inerte.

Prisonnière de son regard impérieux, incapable de soutenir plus longtemps la lueur sauvage qui dansait dans le gris intense de ses yeux, je fermai les miens instinctivement.

— Regardez-moi, ordonna-t-il, ne trichez pas. Vous êtes dans mes bras. Je ne veux pas que vous pensiez à quelqu'un d'autre en ce moment, surtout pas à Delbart, en tout cas ...

« Il est jaloux ! pensai-je. J'en suis sûre. Il a beau s'en défendre, le fait est là ! »

Et un chant d'allégresse s'éleva dans mon cœur.

Dans un dernier sursaut d'énergie, mise en confiance par ce que je venais de découvrir, je trouvai la force de rejeter le visage en arrière. Relevant hardivement les paupières, je lançai, en le regardant bien en face :

— Soyez tranquille. Je ne peux pas confondre. Michel est un gentleman. Jamais il ne m'embrasserait de force, lui !

Je regrettai aussitôt mon audace. Qu'allait faire Arnaud ? Il paraissait furieux. Je redoutai pendant un instant qu'il me repousse, me tourne le dos, m'abandonnant à la solitude de cette chambre pour aller dîner seul, ou pis encore, en compagnie d'une séduisante Thaïlandaise.

Desserrant son étreinte, il me laissa vivement glisser ... Mes pieds reprirent contact avec le tapis, si rudement que ma cheville luxée me trahit. Ressentant une vive douleur et retenant sur mes lèvres le cri de souffrance qui avait bien failli m'échapper, je m'accrochai aux poignets d'Arnaud pour retrouver mon équilibre.

Aussitôt, il me souleva. Ses bras reprirent la place qu'ils occupaient avant ma brève tentative de rébellion. De nouveau, j'étais blottie contre lui. Il me tenait étroitement serrée sur sa poitrine. Je me sentais délicieusement bien ... De nouveau sa bouche approcha de la mienne pendant qu'il constatait :

— Je ne vous embrasse pas de force, Sandra ...

Une note de triomphe vibrait dans sa voix lorsqu'il ajouta :

— Oseriez-vous prétendre que vous ne désirez pas recevoir ce baiser autant que je souhaite vous le donner ?

J'aurais aimé abdiquer toute fierté, oublier toute retenue pour crier :

« Oui, oui, embrassez-moi, oui, je le désire, oui, je le veux ! »

Mais ces paroles d'abandon ne devaient pas franchir mes lèvres. Je devais lutter, je devais me battre pour ne pas admettre ma défaite devant cet homme triomphant.

Arnaud n'attendit pas ma réponse. Ses lèvres rencontrèrent les miennes ... Devant la ferveur de ce baiser, je me sentis trembler sous le coup d'une émotion si intense qu'elle me laissa désemparée.

La porte s'ouvrit alors. Le visage d'Arnaud s'éloigna aussitôt du mien. Sirikit se tenait sur le seuil de la chambre, une Sirikit rougissante, aussi mal à l'aise que nous l'étions nous-mêmes.

— Excusez-moi, monsieur, dit-elle en voyant le regard furieux de son maître braqué sur elle. Je ne savais pas que vous étiez rentré. Le Dr Delbart m'avait dit que Madame avait besoin de moi, je venais pour ...

— Tu aurais pu frapper, bougonna Arnaud pendant que j'ajoutai :

— Oui, Sirikit, le docteur a laissé une lotion et une pommade pour ...

— Pour vous refaire une beauté, acheva Arnaud à ma place. Eh bien, il n'a pas eu tort !

Vous en avez vraiment besoin ... N'hésitez pas à faire appel aux bons soins de Sirikit ... Je sais qu'elle a la main douce et légère.

En disant ses mots, il m'avait soulevée et posée sur mon lit. Je me sentais mortifiée.

— Comment osez-vous me rappeler le triste état dans lequel je me trouve ? murmurai-je contre son oreille avant qu'il se redresse. Ce n'est guère charitable de votre part.

— Mais enfin, Sandra, je plaisantais ... Que vous êtes susceptible ! Je constate une fois de plus que, décidément, vous n'entendez rien à la plaisanterie.

Il s'éloigna et, avant de franchir la porte de la chambre, lança :

— Sirikit, occupe-toi bien de Madame, je te la confie. Quand tu auras fini de la masser, déballe avec elle le contenu de la valise que j'ai apportée ... Bonne nuit, Sandra. Tout compte fait, je crois que vous n'êtes pas en état de dîner à la salle à manger ce soir ... J'ai peur que votre maudite cheville ne vous joue encore de vilains tours. Reposez-vous. Nous attendrons demain pour ce délicieux dîner en tête à tête, si vous voulez bien.

Je lui jetai un regard chargé de rancune. J'aurais tellement aimé qu'il demeurât auprès de moi. Mais Arnaud entra dans sa chambre et un rire moqueur me parvint à travers la cloison, puis, plus rien, le silence ...

CHAPITRE V

Je dormis très mal cette nuit-là. Malgré moi, je guettais les bruits dans la pièce voisine. Mais aucun son ne me parvenait. Le plus grand silence continuait de régner dans la chambre qu'Arnaud occupait depuis mon arrivée à la Pagode d'Argent.

Etait-il sorti après m'avoir quittée aussi brusquement et confiée à Sirikit ? Mais s'il était allé dîner en ville, il aurait dû rentrer à un moment ou à un autre et traverser ma chambre pour gagner la sienne. Sans doute existait-il une autre porte. Peut-être me croyait-il endormie et ne voulait-il pas troubler mon repos. Je ne savais que penser et me perdais en conjectures, tandis que le sommeil me fuyait.

Arnaud, c'était certain, avait voulu me punir en me privant de sa présence comme il aurait privé un enfant désobéissant de dessert, ou un chiot récalcitrant de caresses.

J'avais osé le narguer. Je n'avais pas accepté son baiser avec l'empressement qu'il souhaitait. Pourtant, je me souvenais avec confusion du trouble que j'avais ressenti pendant qu'il m'embrassait et de la violence que j'avais dû me faire pour ne pas lui crier des mots passionnés ...

Car j'étais amoureuse de lui, j'en étais sûre maintenant, après avoir désiré que le tendre rempart de ses bras me garde toujours prisonnière et me protège à jamais des embûches de l'existence. Avec un pareil guide, je devrais pouvoir traverser la vie, même s'il me fallait oublier toute fierté. Les circonstances particulières dans lesquelles je me trouvais, ma faiblesse, mon dénuement et la générosité de mon bienfaiteur faisaient de moi une victime prête à accepter sa domination. Et mon hôte connaissait sa force ...

Je me sentais devenir folle de jalousie à la pensée qu'Arnaud passait la nuit dehors. Avec qui était-il ? Il avait eu l'impudence de me parler de ses « amies » ... Avait-il rejoint l'une d'elles pendant que je me morfondais toute seule dans cette chambre ?

Quel homme cruel, implacable même ! Comme j'allais souffrir si je ne parvenais pas à échapper à son emprise ! Mais, au fond de moi-même, je ne souhaitais plus lui échapper ...

Oh ! Sirikit avait été parfaite. Elle m'avait lotionné le visage et le corps avec une douceur incomparable. Pendant le dîner, elle m'avait même aidée à porter la cuillère jusqu'à mes lèvres.

Pourtant, quand elle avait voulu déballer le contenu de la valise, je l'avais arrêtée d'un geste.

— Nous verrons cela demain, Sirikit. Ce soir, je me sens trop lasse.

La jeune Thaïlandaise m'avait dédié un regard

intrigué. A ma place, elle se serait précipitée pour découvrir les objets choisis par son maître. Moi aussi, je brûlais d'impatience. Mais je voulais me venger de l'abandon d'Arnaud.

S'il traversait ma chambre en rentrant, il verrait le peu de cas que je faisais de ses cadeaux. Piètre vengeance, sans doute, mais je n'en avais pas d'autre à ma portée.

— Voulez-vous que je passe la nuit auprès de vous, madame ? m'avait alors demandé Sirikit.

Savait-elle qu'Arnaud avait l'intention de ne pas rentrer ? Avait-il l'habitude de découcher ? Il me sembla étrange d'être déjà aussi fortement attachée à un inconnu. Ma conduite était bien peu raisonnable. Mais l'amour est-il jamais raisonnable ? N'étais-je pas victime d'un coup de foudre ?

— Mais non, Sirikit, c'est inutile. Je vais beaucoup mieux. Je peux rester seule. Demain, je compte sur vous pour m'aider à me lever, à m'habiller et même pour me faire visiter quelques pièces de ce palais. Allez vous reposer, maintenant.

Sirikit s'était donc retirée en me souhaitant une bonne nuit.

J'en avais passé une détestable. Trop énervée, trop angoissée, trop jalouse pour trouver le sommeil, j'étais restée pendant des heures les yeux grands ouverts.

Un léger voilage ne masquait pas entièrement ma fenêtre. Au-delà de la vitre, je pouvais contempler la limpidité du ciel d'Orient, le scintillement des innombrables étoiles, et l'éclat de la lune d'opale ... Mais la beauté de la nuit me laissait indifférente et surtout ne calmait pas mon anxiété.

Au point du jour, j'avais fini par m'assoupir, puis par m'endormir tout à fait.

Le plus inattendu mais aussi le plus délicieux des réveils m'était réservé. Lorsque j'ouvris les yeux, les lèvres d'Arnaud effleuraient mon front. En se redressant, il demanda :

— Eh bien, mon cœur, êtes-vous décidée à vous montrer gentille aujourd'hui ?

Il était là, auprès de moi, penché sur mon lit. Il m'avait éveillée d'un baiser dont la douceur contrastait avec l'ardeur de celui qu'il m'avait donné la veille. Je me sentais fondre de bonheur. Mais un instinct plus fort que ma volonté me commandait de ne pas désarmer. Je devais me défendre contre l'étrange séduction qu'exerçait cet homme, me défendre contre l'attirance qui me poussait vers lui, me défendre contre moi-même. Je ne connaissais qu'un moyen de le décourager : me montrer le plus désagréable possible même si je devais me forcer, lutter contre ma véritable nature. Je répliquai donc :

— Vous voulez dire : « vous montrer soumise », j'imagine ? Les deux adjectifs doivent être synonymes pour vous.

— Je constate que vous n'avez pas encore rentré vos griffes, jeune panthère ...

— Comment l'aurais-je pu ? Je vous le demande. Pendant trois jours, je vous ai à peine vu. Hier, vous me gratifiez d'une scène de jalousie aussi idiote qu'injustifiée, puis vous vous montrez empressé, vous me promettez de dîner avec moi. Finalement, sans que je comprenne la raison de votre caprice vous m'abandonnez brusquement aux mains de Sirikit ...

— Elle ne vous a pas bien soignée ? me demanda-t-il sur un ton dont l'ironie acheva de m'irriter.

— Très bien, mais la question n'est pas là ... Ensuite, vous disparaissez ...

— C'est mon droit, il me semble.

— Vous n'avez pas pensé que j'attendrais votre retour ?

— Non, vraiment pas. Je me croyais libre de disposer de mon temps à ma guise sans avoir de comptes à rendre à personne. Vous aviez besoin de soins, Sirikit vous en a donné. Qu'espériez-vous de plus ?

— Un peu de chaleur humaine, un peu de gentillesse, un peu de ...

Je bredouillai, incapable de trouver les mots qui auraient traduit ma pensée. Enervée, fatiguée par cette nuit presque blanche, j'avais envie de pleurer mais je ne voulais pour rien au monde laisser des larmes perler à mes cils.

— D'abord, où étiez-vous ? attaquai-je.

— En quoi cela vous concerne-t-il ?

Je ne pus résister au désir de me servir de l'argument qu'il avait utilisé la veille lorsqu'il avait refusé de m'apporter une robe de chambre.

— Une femme a le droit de savoir où son mari passe ses nuits, non ?

— Curieux ! Hier, vous jugiez cette comédie idiote.

— Hier, quand vous m'avez vu auprès du Dr Delbart, vous avez eu peur d'être ridicule. Aujourd'hui, c'est moi que les domestiques trouvent ridicule. J'imagine qu'ils surveillent vos faits et gestes. Comment en serait-il autrement ? Vous êtes leur maître. Il suffit de voir avec quels yeux extasiés Sirikit vous regarde. Je suppose que les autres aussi subissent votre charme, votre rayonnement. Vous m'avez fait passer pour votre femme, soit. Je vous rappelle que c'est votre idée et que je ne vous ai rien demandé de tel. Mais maintenant, le mal est fait et tous les habitants du palais me prennent pour Diane et savent que vous avez passé la nuit ...

— Si j'étais méchant, Sandra, m'interrompit-il, je vous dirais qu'hier soir, énervé par la scène qui m'avait opposé à Delbart, contrarié par l'arrivée inopportune de Sirikit, j'ai voulu me détendre. Mais je suis moins méchant que vous ne le croyez et je vous dirai simplement la vérité. J'ai passé la nuit ici, pas dans la chambre voisine, c'est vrai, mais dans une autre. Les pièces sont nombreuses dans le palais, vous savez. Je craignais de vous réveiller car je suis rentré tard ...

— Ah ! vous avouez donc être sorti. Sans doute êtes-vous allé vous détendre, comme vous dites ?

Arnaud éclata de rire.

— Mais, dites-moi, vous êtes jalouse, il me semble ?

— Vous l'êtes bien, vous !

— Moi ? Pas du tout. Je vous ai expliqué ma conduite. Hier, je ne ressentais aucune jalousie.

— Pourquoi m'avez-vous demandé de ne pas penser au Dr Delbart lorsque vous me teniez dans vos bras ?

— Simplement pour que vous pensiez à moi. C'était normal, non ?

— Où êtes-vous allé hier soir ?

— Faire la paix avec Delbart, justement, lui présenter mes excuses.

— Je ne vous crois pas.

— Pourquoi ?

— Parce que cela ne vous ressemble pas.

— C'est pourtant la vérité. Vous m'aviez convaincu de son innocence. Alors, je n'ai pas voulu me priver d'une amitié sincère. J'ai téléphoné à Michel pour lui demander de m'excuser, puis je l'ai invité à dîner. C'est un peu pour vous que j'ai agi ainsi. Vous aviez besoin de soins jusqu'à votre complet rétablissement. En tant que médecin, Delbart m'inspire une confiance absolue. Il m'a promis d'oublier mon mouvement d'humeur et de venir vous voir aussi souvent qu'il le jugera nécessaire. Alors, mon cœur, nous faisons la paix, nous aussi ?

Son visage, ce visage viril que je trouvais parfait, s'approcha du mien, lentement comme il l'avait fait la veille. Cette fois, je gardai les yeux grands ouverts. Quand ses lèvres touchèrent les miennes, quand ses mains étreignirent mes épaules, me soulevèrent et m'attirèrent contre lui, rien d'autre n'exista plus pour moi. Je n'avais plus la force de penser, plus la force de résister. Je subissais sa loi. J'acceptai son baiser avec passion ... Il me laissa vite glisser sur l'oreiller. Déjà, il s'était redressé et s'éloignait.

— Arnaud, murmurai-je, en proie à l'intense désir de le retenir ...

— Vous voyez que vous savez être gentille quand vous le voulez, constata-t-il en souriant. A ce soir, mon cœur, je dois partir maintenant. J'aurai une journée chargée à l'usine. Tout le travail que j'ai laissé en suspens hier devra être fait aujourd'hui.

Il se dirigeait vers la porte.

— Arnaud, le rappelai-je, vous me promettez de dîner avec moi ?

— Si vous pouvez tenir debout, oui, plaisanta-t-il.

— A table, il me suffira de me tenir assise, répondis-je sur le même ton badin.

Que je me sentais heureuse ! Jamais l'existence ne m'avait paru aussi merveilleuse ! Pour la première fois depuis la brutale disparition de mon père, j'oubliais ma tristesse et me sentais revivre. J'oubliais aussi les coups reçus pendant cette malencontreuse manifestation et les traces qu'ils m'avaient laissées. La fatigue de ma nuit d'insomnie ne pesait même plus sur moi. Je voguais sur les ailes du rêve !

— Revenez vite, recommandai-je. Je m'ennuie ici quand vous me laissez seule.

— Je ne vous ai jamais laissée seule, rectifia-t-il. En partant, je vais vous envoyer Sirikit. Elle vous tiendra compagnie jusqu'à mon retour. Je l'ai déchargée de tout autre travail dans la pagode pour qu'elle ne s'occupe que de vous. Maintenant, si vous n'appréciez pas ses services, je demanderai à Amita de la remplacer. Amita est très jolie, vous verrez et elle a toujours le sourire, elle aussi.

Décidément, Arnaud ne s'entourait que de ravissantes créatures !

— Combien de personnes employez-vous ici ? demandai-je.

— Cinq ou six. La main-d'œuvre est très bon marché dans ce pays et ma demeure est vaste. Alors, je vous envoie Amita ? Vous voulez essayer ? Voir un nouveau visage vous distraiera peut-être ?

Je n'éprouvais pas la moindre envie de voir un nouveau visage, surtout un visage féminin trop attrayant. Et puis, pourquoi aurais-je fait de la peine à Sirikit en la renvoyant à des tâches ménagères ? Elle s'était montrée parfaite envers moi. A plusieurs reprises, j'avais constaté que son sourire se fanait lorsque Arnaud m'accordait trop d'attention. Mais à part cela, je n'avais à lui reprocher que sa beauté et son charme oriental.

— Non, non, envoyez-moi Sirikit. Elle m'a très bien soignée jusqu'à maintenant. Alors, pourquoi changerais-je ?

— Comme vous voudrez, mon cœur !

Arnaud était arrivé près de la porte. Il se préparait à sortir quand il vit la valise, pleine de vêtements, posée contre le mur. Il la supposa vide, bien sûr ! Comment aurait-il deviné que personne ne l'avait ouverte ?

— Ah ! c'est vrai ... Avez-vous apprécié mes achats ? N'ai-je pas oublié trop de choses ?

Je ne savais que répondre. J'aurais aimé disparaître, me soustraire à sa vue. Comment réagirait-il quand il saurait que j'avais voulu me venger de son soudain abandon en dédaignant ses présents et que j'avais même interdit à Sirikit d'ouvrir cette valise ? Je voyais déjà le visage d'Arnaud se fermer. Je l'entendais s'écrier d'une voix durcie par la colère :

« C'était bien la peine que je passe l'après-midi dans les magasins, en laissant les dossiers s'accumuler sur mon bureau si c'est le cas que vous faites de mes cadeaux ! »

— Excusez-moi, Arnaud, si je n'ai pas pensé à vous remercier, mais je dormais quand vous êtes entré dans ma chambre. C'est vous qui m'avez réveillée ...

— C'est vrai. Alors, pourquoi prétendiez-vous avoir guetté mon retour ? Je constate que mon absence ne vous a pas empêchée de trouver le sommeil.

— J'ai fini par m'endormir, en effet.

Il n'avait pas besoin de savoir que l'anxiété m'avait tenue éveillée pendant des heures interminables et qu'avant l'aube je n'avais pas fermé l'œil. S'il le savait, il serait trop fier !

— Alors, mes achats, qu'en pensez-vous ? demanda Arnaud.

— Ils sont splendides ! m'écriai-je en prenant le

parti de mentir effrontément. Vous m'avez gâtée et je vous en remercie du fond du cœur.

— Les vêtements vous vont-ils bien ?

— Très bien, affirmai-je avec l'impression de m'enliser dans un marécage bourbeux dont il me serait bien difficile d'émerger par la suite ...

Heureusement, l'esprit d'à-propos me souffla d'ajouter :

— Enfin, je le suppose car je me sentais trop fatiguée hier soir pour les essayer. Mais ils devraient me convenir parfaitement.

— Eh bien, regardez cela de plus près et ne vous inquiétez pas. J'ai tout acheté à condition. Si certains articles étaient trop petits ou trop grands, je les échangerais ... J'emporte la valise, ajouta-t-il, elle me sera encore utile ...

En le voyant poser la main sur la poignée de cuir, je me sentis blêmir. Je ne m'attendais pas à ce qu'il agît ainsi. Quelques instants auparavant, je me félicitais d'avoir su échapper au piège de ses questions. Quand il constaterait que le poids de la valise n'avait pas varié depuis la veille, tous mes mensonges seraient vains.

Je retenais mon souffle. Qu'allait-il dire ? Qu'allait-il faire en s'apercevant que je lui avais menti ? Je tremblais d'avance.

Instinctivement, je me fis toute petite au creux de mon lit. J'aurais voulu devenir invisible. J'attendais une explosion de colère, un torrent de reproches, voire d'insultes.

Que j'avais été imprudente de vouloir le narguer ! Ce n'était pas le genre d'homme qu'une fille de mon âge pouvait provoquer.

Je regrettais amèrement la légèreté de ma conduite. Il était trop tard, hélas, pour revenir en arrière ! Le mal était fait. Je me préparais à en subir les conséquences.

Pourtant, Arnaud sortit sans mot dire. Il venait de soulever la valise comme il aurait soulevé un fétu de paille. Quelqu'un l'avait vidée pendant mon sommeil ! Qui, sinon Sirikit ?

L'initiative de la jeune Thaïlandaise, qui connaissait le caractère ombrageux et emporté de son maître, m'avait épargné de subir une scène pénible, peut-être violente.

Un élan de gratitude gonfla mon cœur. Sirikit ne me détestait donc pas ! Je me réjouis à cette idée. Si elle m'avait haïe, elle ne me serait pas venue en aide avec tant d'à-propos.

Une nouvelle question se présenta à mon esprit et tempéra un peu mon enthousiasme. En entrant dans ma chambre sans faire de bruit et en rangeant mes vêtements dans les meubles, était-ce bien à moi que la jeune fille avait pensé ? N'était-ce pas plutôt à Arnaud ?

Peut-être n'avait-elle cherché qu'à ménager la susceptibilité de l'homme qu'elle aimait en secret, sans doute ? Grâce à son intervention, Arnaud ne saurait jamais avec quelle indifférence, quel dédain, j'avais accueilli ses présents. Il ne souffrirait donc pas de mon ingratitude.

Mais quelles que fussent les raisons qui avaient motivé sa conduite, je devais une fière chandelle à

Sirikit qui maintenant se glissait dans ma chambre avec sa légèreté coutumière et que j'accueillis d'un sourire reconnaissant.

— C'est toi qui as vidé la valise ? ne pus-je m'empêcher de lui demander dès qu'elle eut franchi la porte et en la tutoyant pour la première fois pour lui montrer qu'elle venait de gagner mon amitié.

— Oui, madame. Je vous ai désobéi. Vous n'êtes pas fâchée, j'espère ?

— Bien sûr que non.

Pour ne pas perdre tout prestige, je n'allai pas jusqu'à lui affirmer que j'étais enchantée mais la questionnai encore.

— Et quand l'as-tu fait ?

— Très tôt, ce matin, pendant que vous dormiez. Pour que cela aille plus vite, j'ai amené Amita avec moi. Elle m'a aidée à tout ranger dans les tiroirs de la commode et dans l'armoire de la chambre voisine.

— Encore une question, Sirikit. Veux-tu me dire pourquoi tu as agi ainsi ?

Le visage de la jeune fille ne se troubla pas. Visiblement, elle n'avait rien à cacher car elle répondit sans l'ombre d'une hésitation.

— Vous vous rappelez qu'avant de quitter votre chambre hier soir, Monsieur m'a recommandé de bien vous soigner et ensuite de déballer avec vous la valise qu'il avait apportée. Vous étiez fatiguée. Vous n'avez pas voulu admirer les belles choses qu'elle contenait. Vous, vous pouvez faire ce que vous voulez ici. Mais moi, vous comprenez, je n'ai pas le droit de désobéir aux ordres que Monsieur me donne.

— Mon « mari » est un homme terrible, n'est-ce pas ? Il te fait peur ?

Le radieux sourire reparut sur les lèvres lorsque Sirikit affirma :

— Il n'est pas terrible, madame. Il suffit de lui obéir. C'est tout. Monsieur est juste et il sait être si gentil quelquefois ...

Qu'entendait-elle par là ? Quand et comment avait-elle pu apprécier cette gentillesse ? Mon imagination me suggéra aussitôt des images si pénibles que je suppliai d'une voix lasse :

— Laisse-moi seule, Sirikit. J'ai passé une très mauvaise nuit, j'ai besoin de dormir, maintenant.

Au lieu de quitter ma chambre, la jeune Thaïlandaise se dirigea vers le pouf auprès de la commode et s'y assit.

— Reposez-vous, dit-elle, avant de se figer dans une immobilité de statue.

— Je t'ai demandé de me laisser seule.

— Je sais, madame, mais Monsieur m'a ordonné de ne pas vous quitter. Ne vous occupez pas de moi. Je ne ferai aucun bruit, je vous le promets. Dormez. Quand vous vous réveillerez, vous me direz ce que vous voulez prendre comme petit déjeuner.

Je sentis des larmes d'impuissance me monter aux yeux. Toutes les paroles que je pourrais prononcer ne viendraient pas à bout de l'obstination de cette fille. Elle obéissait aux ordres d'Arnaud. Elle lui obéirait contre vents et marées.

Je pouvais dire ce que je voulais, elle ne céderait pas. Elle me gardait. Elle me surveillait. Jamais je ne m'étais sentie aussi dépendante d'autrui, aussi prisonnière.

Alors, je me surpris à détester cette jolie Thaïlandaise et à détester aussi le trop séduisant Arnaud. Si je n'y prenais garde, bientôt je ressemblerais à Sirikit. J'obéirais. Je courberais le dos. Je ne penserais même plus à me révolter. Je n'en aurais même plus envie.

Pourtant, je n'étais pas une jeune Asiatique habituée à subir le joug de l'homme. J'étais libre, moi ! Je l'avais toujours été jusqu'à ce fatal voyage en Thaïlande.

J'évoquai le souvenir de mon père, sa bonté et la mansuétude avec laquelle il avait guidé mon enfance et mon adolescence. En le comparant avec Arnaud, je me demandais comment les hommes pouvaient être aussi différents les uns des autres.

Et je maudis le piège que le destin m'avait sournoisement tendu. Comment m'en dégagerais-je ? Comment échapperais-je à mon hôte avant qu'il ne soit trop tard ?

Sirikit, fidèle à sa promesse, ne bougeait pas. Je fermai les yeux et feignis de dormir. Mais mon esprit en alerte veillait. Pour la première fois, je pensai à appeler Jean-François à mon secours.

CHAPITRE VI

Dans le jardin qui descendait en pente douce vers le Ménam, une légère brise faisait onduler les longues feuilles des palmiers. Du fauteuil que Sirikit, sur ma demande, avait placé auprès de la fenêtre, je ne me lassais pas de contempler le flamboiement des hibiscus et la pourpre des bougainvillées.

Au-delà des parterres fleuris, sur le fleuve j'avais vu pendant tout l'après-midi passer de lourdes péniches chargées à ras bord de riz, de sable ou de bambous. Maintenant, le soir tombait et les bateaux ramenaient à Bangkok leurs joyeuses cargaisons de touristes, venus du monde entier. Après avoir passé la journée en excursion sur les canaux, ils rentraient enchantés de leur promenade. Des femmes vêtues de *sarong* et coiffées du grand chapeau de paille traditionnel, debout sur leurs minuscules *sampans,* naviguaient d'une rive du fleuve à l'autre en un va-et-vient incessant.

Déjà, les dernières lueurs du soleil couchant cxaltaient les couleurs des porcelaines chinoises recouvrant le temple de l'Aurore, situé de l'autre côté du Ménam, presque en face de la Pagode d'Argent. Ces mosaïques décorées de dessins de fleurs ou de branchages, incrustées dans le revêtement de plâtre, donnent à la tour centrale, haute de près de soixante-dix mètres, une apparence extraordinairement lumineuse.

Quel spectacle féerique ! L'eau du fleuve prenait maintenant une rutilante teinte d'or. Bientôt, le soleil disparaîtrait derrière le temple. Alors, il serait temps pour moi de quitter mon poste d'observation. Peut-être m'allongerais-je un moment avant de me préparer pour le dîner. La sagesse me conseillait de ne pas présumer de mes forces.

Je m'étais levée en fin de matinée avec l'intention de visiter le palais où je vivais depuis plusieurs jours sans avoir quitté ma chambre.

— Appelle Amita, s'il te plaît, Sirikit, avais-je ordonné. J'aurai sans doute besoin de m'appuyer sur vous deux pour marcher.

En réalité, je croyais que l'aide de Sirikit serait suffisante, mais depuis qu'Arnaud m'avait vanté les charmes de l'autre jeune fille, je brûlais du désir de la connaître.

Amita était donc venue. Au regard curieux qu'elle m'avait lancé en me saluant, j'avais compris qu'elle aussi désirait me rencontrer.

— Voici ma sœur, madame, m'avait dit Sirikit en souriant, comme toujours.

Sa sœur ! Cela ne m'étonnait pas, car les deux

jeunes Thaïlandaises se ressemblaient étrangement. Sirikit m'expliquait, volubile :

— Lorsqu'il est venu habiter Bangkok, M. Dampierre a engagé toute notre famille. Notre père est son chauffeur, notre mère s'occupe du linge et nous travaillons aussi ici toutes les deux ...

— Tu oublies Savek ! l'interrompit Amita.

— Savek est le cuisinier, n'est-ce pas ? questionnai-je. Est-ce votre frère ?

— Ah ! non, madame, précisa Amita en riant, Savek est le fiancé de Sirikit. Ils se marieront bientôt.

Les joues de Sirikit s'empourprèrent. Je me sentis revivre. J'avais tellement redouté que quelque intrigue amoureuse ne liât Arnaud à cette jolie fille !

Mon soulagement et ma joie furent de courte durée. Déjà, Sirikit rectifiait :

— C'est Savek qui veut se marier avec moi, madame. Moi, je n'ai pas encore dit oui.

— Oh ! mais elle dira bientôt, affirma Amita. Savek a demandé la main de Sirikit à notre père. Celui-ci souhaite ce mariage car Savek est un garçon sérieux qui fera un bon mari. Au début, Sirikit a refusé tout net, mais depuis quelque temps, elle paraît s'habituer à l'idée de l'épouser.

« Depuis quelque temps. » Sans doute Amita voulait-elle dire : depuis le retour de Diane, l'épouse absente, c'est-à-dire, depuis mon arrivée à la Pagode d'Argent. Sirikit, comprenant qu'elle n'avait aucune chance de conquérir ou de garder Arnaud, s'était montrée moins intraitable envers son prétendant. Fine mouche, elle ménageait l'avenir.

— Si tu trouves Savek si sérieux et si séduisant, attaqua Sirikit comme si elle oubliait ma présence, pourquoi ne te maries-tu pas avec lui ?

— Tu oublies que c'est toi qu'il veut épouser et pas moi, répliqua Amita toujours souriante mais sur un ton qui laissait percer sa rancœur et sa jalousie.

— Tu ennuies Madame, avec nos histoires personnelles, constata Sirikit en me voyant froncer les sourcils. Elle ne t'a pas fait venir pour t'écouter parler.

— C'est vrai, constatai-je. Aidez-moi à me mettre debout, s'il vous plaît. Je crois que j'ai besoin de m'appuyer sur vous deux pour marcher. Vous me donnerez le bras ... J'aimerais tant visiter la Pagode d'Argent.

— Attendez un instant, madame, m'avait recommandé Sirikit.

Elle avait alors sorti de la commode une ravissante robe de chambre de soie pourpre, brodée de fleurs, de branchages et d'oiseaux, l'un des cadeaux qu'Arnaud m'avait apportés la veille et que je n'avais pas encore daigné regarder, tant l'idée de tout lui devoir m'humiliait.

J'avais eu beaucoup de mal à enfiler la robe de chambre car il m'était pénible de bouger les épaules. J'en avais eu plus encore à marcher. J'étais incapable de m'appuyer sur ma cheville luxée. En sautant à cloche-pied, j'avais vite compris que je devrais remettre la visite du palais à plus tard. Je m'étais donc bornée à aller jusqu'à la fenêtre où je me trouvais encore au coucher du soleil.

Pourtant, je devais le reconnaître, pour la première fois, je ne m'étais pas ennuyée pendant la journée. Envoûtée par le spectacle du fleuve, j'avais laissé les heures s'envoler une à une, indifférente à la fuite du temps.

Maintenant, je me préparais à revoir Arnaud. Mon cœur tressaillait de joie et d'espérance. Depuis le matin, j'attendais son retour. Non seulement je l'attendais mais je l'espérais.

Comment se comporterait mon hôte ? Comme j'aurais souhaité qu'il se montrât charmant et attentionné ! Mais cet homme était encore pour moi une vivante énigme. Il me faudrait sans doute beaucoup de temps pour m'habituer à ses prompts revirements et à son humeur capricieuse.

« Beaucoup de temps ! » J'envisageais donc de demeurer à Bangkok. Cette idée m'étonna. J'avais l'impression d'être prisonnière à la Pagode d'Argent. Projeter d'y rester après mon complet rétablissement, n'était-ce pas déjà fermer moi-même, délibérément, les portes de ma prison ?

« Mon Dieu, si Arnaud m'aime, quelle importance ? me surpris-je à penser. Je pourrais vivre dans son ombre, vivre pour lui seul et le bonheur qu'il saurait me donner ... »

Le bonheur ? Peut-être ne me l'apporterait-il jamais ? Il était trop volontaire, trop dominateur, trop versatile aussi pour que je mène à son côté une existence paisible. Mais, en tout cas avec lui, je ne m'ennuierais jamais et j'étais sûre de connaître la passion. Il me plaisait trop !

Quelle jeune fille n'a jamais rêvé de l'homme dont elle partagerait la vie et qui saurait éveiller en elle l'amour auquel toute femme aspire ?

Moi, j'en avais rêvé bien souvent. Arnaud incarnait à la perfection le séduisant inconnu qui avait peuplé mes rêves d'adolescente, rêves vagues d'abord, puis de plus en plus précis. Non, je n'avais pas honte de ces pensées. Elles étaient normales.

Mais alors, étais-je mûre pour l'esclavage ? Malgré mes révoltes, malgré mes bravades, je me soumettrais comme les autres ... L'heure de l'abandon, l'heure de la démission avait-elle donc sonné ?

— Non, pas encore ! murmurai-je en serrant les poings.

Elle ne sonnerait vraiment que si Arnaud savait se montrer digne de mon amour. Si je pouvais lui faire confiance.

« Mais, il est marié, pensai-je soudain, marié ! Cette Diane qui l'a abandonné pour suivre sa carrière de vedette est encore sa femme. Que puis-je raisonnablement attendre d'un homme marié ? Rien, absolument rien ! Il est temps de réagir. Il est grand temps de penser à m'enfuir ! »

— Quelle robe allez-vous choisir, madame ? me demanda alors Sirikit. Je les ai toutes mises sur votre lit. Venez voir comme elles sont belles !

La jeune Thaïlandaise s'était avancée jusqu'à mon fauteuil.

— Je vais vous aider, dit-elle en me tendant la main.

Je me levai et en m'appuyant au bras de Sirikit, sautai à cloche-pied jusque devant le lit. Là, plusieurs charmantes robes courtes en soie naturelle aux coloris chatoyants étaient étalées. Deux robes longues toutes simples, l'une pourpre et l'autre bleu roi, retinrent mon attention. De toute évidence, Arnaud avait choisi ce modèle qui ressemblait plutôt à une tunique pour que je puisse dissimuler les hématomes encore visibles sur ma poitrine, mes épaules et mes jambes.

— Je mettrai une des tuniques, Sirikit, dis-je en les désignant. Les robes courtes sont trop décolletées pour le moment.

— C'est vrai, madame. Elles ne vous iraient pas. Mais lorsque vous serez mieux, vous aurez plaisir à les porter. Elles sont si jolies !

Les yeux de Sirikit brillaient de convoitise sans qu'elle cherchât à le cacher. Il n'était pas difficile de deviner qu'elle aurait beaucoup aimé être à ma place et recevoir d'aussi jolis cadeaux.

— Madame, venez voir la lingerie que j'ai rangée ici, ajouta-t-elle.

En trois sauts, j'atteignis la commode. Sirikit, encore fière de l'initiative qu'elle avait prise à l'aube, ouvrit les tiroirs remplis de chemises de nuit, combinaisons, sous-vêtements d'une finesse remarquable, de mouchoirs de fil, de foulards multicolores. Tous les objets que je découvrais étaient beaucoup plus luxueux que ceux que contenaient les valises qu'on m'avait volées.

Arnaud s'était montré généreux et avait fait preuve d'un goût très sûr. La mesquinerie qui m'avait poussée à dédaigner ses dons me faisait honte maintenant.

— J'ai rangé un imperméable, un tailleur et des chemisiers dans la penderie, continuait Sirikit. Je vais vous les montrer.

Elle les rapporta bientôt de la pièce voisine en constatant :

— Je n'ai pas trouvé de chaussures dans la valise. Monsieur a dû oublier d'en acheter.

— Il ne les a certainement pas oubliées, Sirikit. Mais tant que ma cheville restera bandée, je ne pourrai pas me chausser.

— C'est vrai. Vous ne pouvez mettre que la paire de mules que vous avez réussi à enfiler ce matin.

— Aussi les garderai-je pour le dîner. Tu peux ranger toutes ces robes sauf la tunique pourpre que je passerai tout à l'heure. Mais avant de m'habiller, je vais me reposer un moment.

Sirikit eut vite enlevé les robes qui encombraient mon lit. Elle posa sur le fauteuil la toilette que j'avais choisie, sortit d'un tiroir un soutien-gorge et une combinaison ornée de fine dentelle.

Dès que je fus allongée, un étrange bien-être m'envahit. Pour le savourer, je demeurai un long moment immobile, laissant errer mon regard sur le décor raffiné et luxueux qui m'entourait et auquel je m'étais habituée sans peine.

« Combien de filles de mon âge m'envieraient ! pensai-je. Combien aimeraient être comme moi soignées dans une pagode romantique loin de leur morne univers quotidien ! Combien tomberaient follement amoureuses de leur sauveur même si elles le considéraient parfois comme un geôlier ! Combien seraient moins sages que moi ! Pourquoi ne renoncerais-je pas à cette résistance idiote pour me laisser choyer, pour profiter pleinement de l'aventure exceptionnelle que le destin m'a réservée ? Ah ! si Diane n'existait pas ... »

J'en étais là de mes réflexions lorsque Sirikit s'approcha de mon lit. Elle tenait à la main un magnifique sac en crocodile. Je la regardai avancer, fascinée. Ce sac était-il pour moi ?

Je me souvenais qu'un an auparavant, le soir de Noël, mon père en avait offert un presque identique à sa jeune épouse. En voyant ma belle-mère ouvrir le paquet et en sortir ce cadeau de prix, je n'avais pu dissimuler tout à fait la lueur d'envie qui avait flambé dans mes yeux. Mon père l'avait surprise.

— Tu en recevras bientôt un semblable, Sandra, m'avait-il dit. Je suis peut-être vieux jeu mais je considère que ce genre de cadeaux doit être fait par un mari et non par un père. D'ailleurs, si tu l'avais voulu, au lieu de poursuivre ces études universitaires d'histoire et de géographie, qui ne te mèneront pas à grand-chose, tu serais déjà mariée à l'heure actuelle ... A propos, Jean-François est venu hier dans mon bureau et m'a demandé ta main pour la seconde fois.

— Papa, m'étais-je écriée, je ne comprends pas ce que tu trouves d'extraordinaire à ce Jean-François. Tu le tiens en haute estime et as fait de lui ton collaborateur le plus proche. Néanmoins je considère que c'est à moi et non à toi qu'il aurait dû faire cette demande. D'ailleurs, sa démarche prouve qu'il n'est pas aussi intelligent que tu le crois puisque non content d'avoir essuyé un refus, il en cherche un second. Quant à mes études en Sorbonne, j'ai décidé de les poursuivre. J'ignore où elles me mèneront, mais elles m'intéressent vraiment.

« Eh bien, voilà, pensai-je, alors que Sirikit me tendait le sac, cette passion pour l'histoire et la géographie m'a amenée sur la terre de Thaïlande, le premier pays d'Asie que je voulais visiter. Elle m'a amenée ici à la Pagode d'Argent où un homme, qui n'est pas mon mari et ne le sera sans doute jamais, m'offre pourtant de luxueux cadeaux ! »

— J'ai trouvé le sac en ouvrant la valise, m'expliqua Sirikit. Il était placé sur les vêtements. Monsieur a dû l'acheter en dernier.

Pourquoi me donnait-elle ce détail ? Jugeait-elle utile de me préciser l'emplacement de chaque objet pour que je puisse prétendre avoir fait moi-même l'inventaire de cette fameuse valise ?

Pourtant, avant d'ouvrir le sac, je me surpris à caresser de la main la peau souple et luisante tout en admirant sa magnifique couleur fauve. J'étais loin de me douter de la surprise qui m'attendait encore.

A l'intérieur, je trouvai d'abord un portefeuille assorti, en crocodile également, puis tout au fond du sac, un écrin.

Lorsque je l'ouvris, Sirikit, debout auprès de mon lit, retint son souffle. Une exclamation de surprise s'échappa de mes lèvres.

L'écrin contenait un bracelet-montre en or blanc. La montre elle-même était sertie de saphirs et de brillants. Bien que les saphirs abondent en Thaïlande, ce cadeau était vraiment somptueux.

En fille d'Eve, curieuse comme il se doit, mon premier mouvement fut de placer le bracelet-montre sur mon poignet gauche pour juger de l'effet qu'il produirait. Il était splendide !

— Voulez-vous que je l'attache, madame ? me demanda Sirikit. Vous ne pouvez pas bouger la main droite. Laissez-moi vous aider.

— Non, merci, Sirikit. Je ne veux même pas le porter, je ne dois pas accepter un cadeau pareil ...

La jeune fille me regarda avec stupéfaction. Me croyant l'épouse d'Arnaud, elle ne pouvait deviner les sentiments qui me poussaient à refuser le merveilleux bijou.

Si cet homme, trop riche et trop sûr de lui, pensait acheter mes bonnes grâces en me comblant de joyaux, il se trompait, il se trompait lourdement !

— Tu ne peux pas comprendre, Sirikit, affirmai-je. Ne cherche pas. Mais une chose est certaine : quand Monsieur rentrera pour dîner, je lui rendrai cette montre.

— C'est bientôt le premier janvier, reprit Sirikit. Monsieur nous fait toujours de très beaux cadeaux, ce jour-là, pour « nos étrennes » comme il dit. Ce doit être vos étrennes, madame, que Monsieur a cachées dans ce sac pour vous faire une surprise, pour que vous les trouviez vous-même en son absence.

« Mes étrennes cachées dans ce sac, ce sac placé sur les autres objets contenus dans la valise, ce sac que j'aurais dû ouvrir en premier. »

Pendant de longues minutes, ce raisonnement logique s'empara de mon esprit et y dansa une ronde endiablée. Avant de me quitter, Arnaud m'avait demandé si j'avais apprécié ses cadeaux. Comment, si j'avais trouvé la montre, ne lui en aurais-je pas parlé ? Comment ne l'aurais-je pas remercié ? Ou pourquoi ne la lui aurais-je pas rendue le matin même, puisque j'avais décidé de le faire ?

Alors, Arnaud savait que je n'avais pas touché à cette valise. Il était impossible qu'il ne le sût pas ! Tous les efforts de Sirikit pour me sauver n'auraient servi à rien. J'avais voulu me venger de l'abandon d'Arnaud, comment allait-il se venger à son tour de mon dédain inexplicable ? Je n'osais même pas y penser.

— Avant de vous habiller, je vais vous passer la lotion que le docteur vous a apportée, proposa Sirikit. Ensuite, je vous masserai. Cela vous mettra en forme pour le dîner. Vous verrez que vous vous sentirez mieux.

— Comme tu voudras, acquiesçai-je en

m'abandonnant à ses mains, contente d'échapper à mon inquiétude pendant quelques instants.

Une heure plus tard, j'étais prête. Vêtue de la tunique pourpre qui devait parfaitement convenir à mon teint de brune, j'attendais avec une impatience mêlée d'angoisse le retour d'Arnaud.

Sirikit avait brossé avec soin mes longs cheveux que je sentais maintenant flotter en boucles souples sur mes épaules. J'aurais été bien incapable de les peigner moi-même.

— C'est curieux qu'il n'y ait pas de miroir dans cette chambre, remarquai-je, en choisissant ce biais pour éviter d'essuyer un refus de Sirikit si je lui demandais de m'en présenter un.

— Il y en avait un, madame. Monsieur m'a commandé de l'enlever le jour de votre arrivée. On a enlevé aussi, vous l'avez vu, ceux de la salle de bains attenante.

— On pourrait les remettre maintenant, tu ne trouves pas ?

La jeune fille me jeta un regard critique avant de dire :

— Pas encore, madame. Patientez un peu.

— Tu ne penses pas que c'est cruel, toi, de m'empêcher de voir mon visage ?

— Ce n'est pas cruel. Cela prouve au contraire la bonté de votre mari. Il ne veut pas que vous ayez de la peine en vous regardant dans une glace. C'est ce qu'il m'a expliqué.

— Suis-je devenue si affreuse ?

Un léger coup, frappé à la porte, dispensa Sirikit de répondre.

— Entrez, ordonnai-je d'une voix assurée alors que je sentais mon cœur battre à coups précipités dans ma poitrine.

Ce ne fut pas Arnaud qui pénétra dans la pièce. D'ailleurs il n'aurait pas frappé, il serait entré en maître comme d'habitude.

— Bonsoir, Diane, disait Michel Delbart. Sans le vouloir, j'ai entendu votre question. Mais non, vous n'êtes pas affreuse. Je vous trouve même très jolie dans cette tunique pourpre. Vos traits sont reposés, votre peau retrouve peu à peu sa coloration naturelle. Les ecchymoses disparaissent complètement.

— Bonsoir, Michel. Je suis heureuse de vous revoir mais je vous en prie, dispensez-moi de vos compliments. Si Arnaud les entendait, il vous accuserait encore de me faire la cour.

— Tranquillisez-vous, Arnaud ne les entendra pas. Il n'est pas près de rentrer ce soir. Il vient de me téléphoner qu'il était retenu à l'usine par de gros clients, des exportateurs de bois de teck qui vont discuter avec lui d'importants marchés internationaux. Une fois les affaires traitées, votre mari doit sortir avec ces Européens qui ne connaissent pas Bangkok. Arnaud avait peur que vous ne soyez déçue par son absence ...

Je ne pus m'empêcher de l'interrompre pour constater :

— Je suis terriblement déçue, c'est vrai ... Il avait promis de dîner avec moi, ce soir.

— Je sais, il me l'a dit. Aussi craignait-il que vous vous ennuyiez. Il m'a donc demandé de le remplacer et de vous tenir compagnie pendant le premier dîner que vous prendrez hors de cette chambre de malade.

Je lançai au docteur un regard critique en constatant :

— Il est très difficile de remplacer Arnaud ! Pensez-vous pouvoir le faire ?

— En tout cas, j'essayerai, Diane ...

Je ne pus entendre ce prénom sans protester avec violence.

— Ne m'appelez pas Diane. Je ne suis pas Diane, vous entendez ? Je m'appelle Sandra.

Je criais presque mais Michel reprit sans se départir de son flegme.

— Les vedettes ont tous les droits, n'est-ce pas ? Par caprice ou pour obéir aux exigences d'un metteur en scène, d'un producteur avide de nouveauté, elles décident un jour de changer de nom et tout le monde doit feindre d'oublier l'ancien. C'est parfait. Je me conformerai donc à l'usage. Si cela vous fait plaisir, Diane, à partir de maintenant je vous appellerai Sandra.

Je ressentis pendant un instant encore l'envie de tout lui expliquer. Mais à quoi bon lui crier la vérité ? L'important était qu'il renonce à me donner un prénom que j'exécrais, le prénom d'une rivale qui me barrait la route du bonheur, d'une rivale dont j'aurais voulu oublier l'existence à tout prix.

— Je suis décidé à me montrer très patient ce soir, continuait le docteur sans attendre de réponse. Arnaud m'a prévenu que vous seriez d'une humeur de chien.

— Et Arnaud me connaît bien, n'est-ce pas ?

— Comment pourrait-il en être autrement ... Sandra ?

Je ne répondis pas et le silence régna pendant quelques instants. Sirikit s'était retirée dès que Michel était entré. Le docteur constata :

— Je regrette que vous vous soyez habillée aussi tôt ...

— Pourquoi ?

— J'avais pensé vous donner quelques soins. Enlever les points de suture sur votre front, refaire le pansement de votre cheville, vérifier ...

Je n'avais retenu que le début de la phrase.

— Oui, je vous en prie, faites tout ce que vous aviez l'intention de faire. Nous ne sommes pas pressés d'aller dîner, n'est-ce pas ?

Je n'avais plus qu'un désir : qu'il enlève ces points de suture, que je retrouve mon visage, qu'Arnaud puisse enfin me découvrir telle que j'étais avant cette manifestation !

Arnaud ! Il m'était facile de deviner les raisons de son absence ! Il s'était inventé un prétexte pour ne pas paraître au dîner. J'avais attendu son retour pendant toute la journée. Et, au dernier moment, il m'envoyait un remplaçant ! Il savait que je comprendrais la leçon. Il avait voulu me punir encore une fois.

— Asseyez-vous, Sandra, conseillait Michel et ne bougez pas.

Je serrai les dents. Même s'il me faisait mal, aucune plainte ne sortirait de mes lèvres. Mais la main de Michel était douce ...

Pourtant je ne pensais qu'à Arnaud. Où était-il maintenant ? Auprès de qui m'oubliait-il ?

Arnaud ! Tout mon être criait vers lui ! Cesserions-nous un jour de nous déchirer ?

CHAPITRE VII

Je dormais encore quand une main brutale poussa la porte de ma chambre. Arnaud parut sur le seuil, le regard fulgurant de colère. Sans même me dire bonjour, il interrogea d'une voix dure :

— Qu'est-ce que cela veut dire ?

Il tenait à la main l'écrin qui renfermait le bracelet-montre.

Lorsque Michel Delbart m'avait quittée la veille, après le dîner, j'avais commandé à Sirikit de poser cet écrin sur la table de nuit d'Arnaud. Ainsi, il ne pourrait manquer de le voir quand il rentrerait de son équipée nocturne. Sirikit ne m'avait pas obéi de gaieté de cœur. Elle, si docile d'ordinaire, avait tenté de discuter.

— Monsieur ne sera pas content, madame ..., avait-elle dit.

— Qu'il soit content ou pas ne te concerne en rien, Sirikit, avais-je rétorqué avec vivacité. Fais ce que je te demande, s'il te plaît ... Allez, va, je te prie, j'y tiens.

Devant ma détermination, elle était donc allée dans la chambre voisine s'acquitter de sa mission.

— Sandra, continuait Arnaud, je vous ai posé une question, répondez-moi. Qu'est-ce que cela signifie ?

— Vous pourriez peut-être me dire bonjour avant de crier comme un forcené, remarquai-je d'une voix que je voulais suave mais dont le timbre ne devait pas paraître très assuré.

— L'heure n'est pas aux civilités. Je le regrette. Vous m'avez fait un affront, je veux savoir pourquoi.

— Quel affront ?

— Comment, quel affront ? Vous ne manquez pas de toupet, vous ! Vous arrivez en Thaïlande, vous réussissez à vous faire voler toutes vos affaires, je vous vois pleurer de déception, de rage même. Alors, pour vous être agréable, je perds mon temps à courir les magasins. Je vous remplace tout, y compris votre sac à main. A la dernière minute, j'ai pensé que vous deviez porter une montre-bracelet, elle aussi disparue. J'entre dans une bijouterie et choisis la plus belle que j'aie pu trouver ...

— Justement, Arnaud, elle est trop belle. C'est un cadeau trop somptueux pour que je puisse l'accepter. Et si je voulais reprendre vos propres termes, je pourrais parler d'affront moi aussi ...

En entendant ces paroles, Arnaud haussa les épaules. Je continuai néanmoins.

— Je voulais vous rendre ce bijou hier soir pendant le dîner et vous en remercier, en vous expliquant les raisons de mon refus. Or, vous avez jugé bon de ne pas paraître. Et, comble d'ironie, vous m'avez envoyé un remplaçant.

— Plaignez-vous, Michel est un charmant compagnon. Et puis, en vous ménageant ce long tête-à-tête, je voulais vous prouver que je n'étais pas jaloux le moins du monde, contrairement à ce que vous paraissiez croire ... Mais revenons à la montre. Si vous étiez si pressée de me la rendre, pressée au point d'envoyer quelqu'un la porter dans ma chambre pendant mon absence, pourquoi ne me l'avez-vous pas remise en main propre hier matin ? Nous avons passé un long moment ensemble et même un moment très agréable. Vous aviez tout le temps de me donner vos raisons. Pourquoi ne l'avez-vous pas fait ?

« Nous y voilà, pensai-je, voilà l'instant que je redoutais. Je savais bien que je n'échapperais pas à cette mise au point. Il connaît la vérité ! »

Incapable d'articuler une parole, je gardai le silence.

— Alors, Sandra, expliquez-vous. Vous ne trouvez pas votre conduite un peu incohérente, non ?

« La meilleure défense est encore l'attaque », pensai-je. J'attaquai donc :

— Justement, hier matin, vous vous êtes montré si gentil que je n'ai pas voulu vous faire de peine en vous rendant ce cadeau. J'ai attendu le soir ...

— Vous saviez donc que cela me ferait de la peine ...

— Je le supposais.

— Et, le soir, vous n'avez pas craint de me blesser plus encore, en agissant par personne interposée !

— Vous m'aviez bien blessée, vous, en ne tenant pas votre promesse, en allant courir je ne sais où, avec je ne sais qui !

Il ne put réprimer un sourire. Mon esprit de repartie l'amusait.

— « Je ne sais qui » sont des clients très importants pour l'usine et même pour l'exploitation de teck de Chiang-Maï dont je reste le directeur ...

— A d'autres ! l'interrompis-je brutalement, furieuse qu'il me prît pour une petite sotte prête à tout avaler.

— Comment cela « à d'autres » ? Quand je vous dis quelque chose, vous pourriez me croire.

— Eh bien, non, je ne vous crois pas, affirmai-je, oubliant toute prudence.

L'indignation me poussait à avouer ce que j'aurais voulu qu'il ignorât.

— Vous n'êtes pas rentré dîner hier soir parce que le matin je ne vous avais pas remercié de vos cadeaux avec la chaleur que vous étiez en droit d'attendre. Pourquoi ne l'ai-je pas fait ? Parce que je ne les avais pas regardés. J'avais même interdit à Sirikit d'ouvrir la valise. Seulement, elle a passé outre mon interdiction et a tout rangé pendant mon sommeil. Ma conduite si peu féminine vous étonne peut-être. Mais permettez-moi de vous rappeler qu'avant-hier soir votre abandon m'avait terriblement déçue. Après m'avoir promis un dîner en tête-à-tête, vous m'aviez laissée tomber sans raison. Votre conduite incompréhensible m'a mise en colère. Alors ...

— Alors, acheva-t-il à ma place, vous vous vengez comme vous pouvez, et bien mal, croyez-moi. Entre nous, c'est la guerre, n'est-ce pas ? Vous cherchez à me rendre coup pour coup, œil pour œil, dent pour dent, affront pour affront. Cela ne me déplaît pas, vous savez ? J'aime les gens qui luttent, les gens qui se défendent. Seulement, n'oubliez jamais que votre résistance aura des limites car je suis le plus fort. Ici, je suis le maître et n'ai jamais permis à personne de me narguer.

Il s'approcha de mon lit, s'assit auprès de moi et sans que sa voix se départît de sa froideur, ajouta :

— Eh bien, maintenant, nous allons régler nos comptes. D'après ce que vous venez de m'expliquer, vous avez beaucoup de mensonges à votre actif, beaucoup de mensonges à vous faire pardonner ... Voici le moyen d'obtenir mon pardon.

Il me saisit brutalement dans ses bras et m'attira contre lui. Sa bouche chercha la mienne mais je parvins à détourner la tête assez vite pour que ses lèvres ne rencontrent que ma joue.

Ma résistance le rendit furieux. Ses mains s'emparèrent de mon visage et le retinrent prisonnier. Mon cœur battait la chamade, mes paumes devenaient moites, mes joues, pourpres.

Arnaud ne se pressait pas de m'embrasser mais me regardait avec insolence. Une étrange lueur brillait dans ses yeux. Il me sentait à sa merci, tremblante, affolée. Il se délectait de mon trouble.

— Et maintenant, demanda-t-il, qu'allez-vous faire ? Vous avez compris, n'est-ce pas, que vous ne pouviez plus m'échapper ?

Le triomphe qui vibrait dans sa voix me galvanisa, m'insuffla le courage de déclarer :

— Vous oubliez que je peux encore hurler. Si je le fais, sans doute quelqu'un viendra-t-il à mon secours ?

— Rien n'est moins sûr, railla-t-il.

— Je vais pourtant essayer. Si vous ne me lâchez pas immédiatement, je crie. Je crierai de toutes mes forces.

Malgré ma menace, aucun son ne s'échappa de mes lèvres. Bientôt sa bouche meurtrit la mienne en un baiser âpre et violent. Jamais personne ne m'avait embrassée ainsi, avec cette dureté qui ressemblait à de la haine.

Des larmes d'humiliation et de rage impuissante perlèrent à mes cils. Arnaud les vit. Aussitôt il s'adoucit. Ses mains lâchèrent mes tempes et effleurèrent mes paupières comme pour recueillir les larmes que sa cruauté avait fait couler. Puis il posa ma tête sur son épaule.

Pendant un moment, nous restâmes ainsi, immobiles, côte à côte.

— Pourquoi êtes-vous aussi méchant ? murmurai-je.

— Je n'ai pas toujours été ainsi. Mais maintenant je suis ce que les femmes m'ont fait, malheureusement ! ... Et vous, pourquoi êtes-vous aussi obstinée ? Pourquoi me narguez-vous ? Pourquoi refusez-vous mes cadeaux ?

Indignée, je protestai :

— Vous êtes injuste. J'ai accepté votre aide, votre hospitalité, les vêtements que vous m'avez apportés. J'ai même accepté, bien que ce fût une folie, le sac en crocodile parce qu'il me plaisait trop. Je considère tout cela comme un prêt dont je vous dédommagerai dès que je pourrai rentrer en France.

— Seriez-vous riche, petite Sandra ? demanda-t-il d'un air railleur.

— Riche ? Non, pas vraiment. Mais assez, en tout cas, pour ne rien vous devoir.

— Vous voyez, vous recommencez. Vous ne pouvez pas vous montrer gentille plus de cinq minutes.

— Je suis honnête, c'est tout. Il me semble juste de vous rembourser tous les frais que mon séjour ici vous aura causés.

— Moi, je n'ai pas besoin d'argent, vous savez !

Ignorant son interruption, je continuai :

— J'ai tout accepté, mais j'ai refusé la montre, c'est vrai. Car ce n'est pas le genre de cadeaux qu'une femme et surtout une jeune fille peut recevoir d'un homme qui n'est rien pour elle. J'ai eu l'impression que vous vouliez m'éblouir, m'acheter, me payer ... Vous m'avez dit un jour que vous pouviez vous offrir toutes les femmes que vous vouliez. Or, je ne suis pas de celles qu'on achète, Arnaud. Je vous demande de ne jamais l'oublier à l'avenir.

Il me regarda longuement, puis se leva.

— Eh bien, m'annonça-t-il en riant, nous allons donc continuer à vivre en frère et sœur puisque c'est ce que vous voulez ... Pourtant, n'est-il pas ridicule de ne pas savoir profiter de l'instant qui passe ? Enfin, puisque vous avez choisi, j'agirai selon votre désir ... Seulement, moi, je suis un homme, pas un saint. Ne l'oubliez pas non plus. Il faudra bien que je trouve ailleurs ce que vous me refusez.

Après avoir gardé un instant le silence, il reprit :

— La Pagode d'Argent est un palais, pas un monastère. Le monastère, c'est la porte à côté, auprès du temple. Lorsque vous vous sentirez tout à fait rétablie, je vous conseille de vous mettre un jour à la fenêtre de votre chambre dès le lever du soleil.

— Pourquoi me lèverais-je à l'aube ?

— Pour voir une étrange procession sortir du wat (1) voisin. Les moines, le crâne soigneusement rasé, vêtus d'une robe jaune safran, accompagnés par un novice, partent quêter la nourriture nécessaire pour la journée. Ils ne mangeront que le produit de leur quête. La règle leur interdit de mendier. Alors, ils restent immobiles à la porte des magasins et attendent que des gens charitables glissent dans le sac qu'ils portent à leur côté une partie des achats qu'ils viennent de faire.

Arnaud vit la lueur d'intérêt qui s'était allumée dans mes yeux et il devina mon secret désir.

(1) Wat : monastère bouddhique.

— Si le cœur vous en dit, Sandra, ne vous gênez pas pour leur venir en aide. Allez à la cuisine, prenez tout ce que vous voudrez et donnez-le à ces saints hommes qui ont fait vœu de pauvreté et de chasteté et passent leur vie dans le silence et la méditation.

— Acceptent-ils de l'argent ?

— Non, jamais, ils ont renoncé à l'argent pour toujours. Je dois encore vous dire de ne pas attendre de remerciements si vous leur venez en aide. Car si les bonzes ne réclament jamais rien, ils ne disent jamais merci non plus. Celui qui donne est suffisamment honoré que ses présents aient été acceptés. Et ne vous avisez pas d'attirer leur attention en posant une main sur leur bras pour qu'ils voient ce que vous mettez dans leur sac. Aucune femme n'a le droit de les toucher ni même de leur adresser la parole.

Je l'écoutais avec intérêt.

— Toutes ces précisions, ajouta Arnaud en riant, vous prouvent que je leur ressemble peu ... Alors, c'est entendu. Entre nous, il n'existe plus d'équivoque. Vous demeurez à la Pagode d'Argent, mais je me considère libre de vivre à ma guise sans encourir de reproches de votre part, ni même à avoir à répondre à vos questions concernant mon emploi du temps. Moi, j'aime la vie, vous comprenez ?

Je gardai un moment le silence. Imaginer Arnaud sortant avec une autre femme me rendait folle de jalousie. Cet homme était un démon. Il prenait plaisir à me faire souffrir.

— Vous irez où vous voudrez, dis-je enfin. Comment d'ailleurs pourrais-je vous empêcher d'agir selon votre bon plaisir ? Vous êtes chez vous. Vous me l'avez rappelé sans ménagement l'autre jour.

— Exactement, railla-t-il. Merci de vous en souvenir.

— Pourtant, si vous pouvez encore éprouver quelque pitié, je vous supplie d'être discret. Arrangez-vous pour que je ne rencontre pas vos conquêtes à la Pagode d'Argent. Je crois que je ne pourrais pas le supporter. Je suis sûre que je les insulterais ...

Arnaud paraissait s'amuser énormément. Il me regardait toujours, sans se départir de son air narquois. Devant la froide ironie qui brillait dans ses yeux, je ne savais plus comment achever ma phrase.

— Ce qui serait embarrassant pour tout le monde, ajoutai-je pourtant.

— Embarrassant, le mot est faible ! Moi, je dirais intolérable pour celles que j'inviterais ... Ce sont des femmes très honorables. Je ne vous conseille pas d'essayer.

— Vous sortez avec des femmes honorables, vous ? Je ne l'aurais pas cru ...

— Vous vous trouvez drôle ? demanda-t-il avec froideur.

— Non, je tentais de plaisanter. Que voulez-vous ? Je fais ce que je peux pour ne pas périr d'ennui dans cette prison.

En deux bonds, il avait rejoint mon lit. La

fureur de nouveau déformait ses traits. J'eus l'impression qu'il allait lever la main sur moi et me gifler. Instinctivement, je me recroquevillai entre mes draps et attendis la suite des événements en pensant que si je recevais une gifle, je ne l'aurais pas volée.

— Vous ne croyez pas que vous passez les bornes, non ? interrogea Arnaud d'une voix dure. Je ne vous demande pas d'être éperdue de reconnaissance mais il me semble que vous pourriez vous conduire avec un minimum de décence et de politesse.

— Mais je vous suis reconnaissante de ce que vous faites pour moi, je trouve même que vous en faites trop ! Je ne cherchais pas à vous blesser ni à nier vos bienfaits en employant le mot « prison ». Seulement, vous savez bien que je vis à la Pagode d'Argent sans passeport et que vous m'y garderez captive aussi longtemps que vous n'aurez pas trouvé le moyen de m'en procurer un.

— Si vous vous imaginez que je vais aller déclarer aux autorités que j'héberge chez moi une écervelée qui s'est fait bêtement voler ses papiers et en voudrait de nouveaux, vous vous trompez. Je ne tiens pas à m'attirer d'ennuis.

— Donc, que vous le reconnaissiez ou non, je suis prisonnière ici ...

— Temporairement et dans une cage dorée, avouez-le, m'interrompit-il.

— Non, argentée seulement, rectifiai-je en riant.

Comme les larmes qu'il avait écrasées sous ses doigts quelques instants plus tôt, mon rire le désarma. Je surpris le sourire amusé qui fleurit sur ses lèvres et en profitai aussitôt pour ajouter :

— Et si je parle de périr d'ennui, c'est, je vous l'ai déjà dit, parce que vous me privez constamment de votre présence.

— Quel plaisir voulez-vous que je trouve en votre compagnie ? Vous êtes agressive, jalouse, susceptible, pleurnicharde, rigoriste, une véritable enfant gâtée, quoi !

— Sans doute mon père m'a-t-il beaucoup gâtée, en effet, reconnus-je humblement. Après la mort de ma mère, nous avons passé plusieurs années seuls tous les deux. Mon père m'adorait et je le lui rendais bien. C'est pourquoi j'ai si mal accepté son mariage avec une femme qui aurait pu être ma sœur aînée. Peut-être ai-je gardé de cette période certains défauts que vous venez de citer ... Pourtant, il me semble que votre portrait est un peu exagéré. Reconnaissez que je me trouve dans une situation peu commune.

Ma soudaine humilité le toucha. Quand il vit des larmes dans mes yeux, il se rapprocha de mon lit et s'assit auprès de moi. Sa main caressa mes cheveux. Je crus qu'il allait prononcer de douces paroles mais il se leva et s'éloigna.

Sur le seuil de la pièce, il mit une main dans la poche de sa robe de chambre et y trouva l'écrin. Il le sortit, se retourna vers moi pour demander :

— Que dois-je faire de cette montre ?

— Je l'ignore, Arnaud.

— Vous n'en voulez vraiment pas ?

— Je ne peux pas l'accepter ...

— Même si je vous jurais que je ne cherchais pas à « vous acheter » comme vous le supposiez, mais que je voulais simplement vous faire plaisir.

— Même ...

— Très bien. Nous sommes le 31 décembre aujourd'hui. Je me demandais ce que j'allais offrir à Sirikit demain. Alors, je ne cherche plus. Voici un cadeau tout trouvé.

— Vous ne parlez pas sérieusement ? Vous n'avez pas l'intention d'offrir un cadeau de cette valeur à ...

— Pourquoi pas ? Un cadeau que vous dédaignez n'a pas de valeur à vos yeux. Il en aura aux siens.

— Ne soyez pas stupide. Vous savez bien que je le refuse uniquement à cause de sa trop grande valeur.

— Sirikit sera moins bête que vous. Si je le lui donne, elle l'acceptera.

— Peut-être aura-t-elle de bonnes raisons de le faire ?

— Que veut dire cette allusion perfide ?

Je pris mon air le plus angélique pour déclarer :

— Rien, sinon que cette jeune fille vous est dévouée corps et âme. Elle vous obéit aveuglément.

— C'est vrai. Je l'ai bien dressée !

Il se rengorgeait. Sa suffisance d'homme satisfait m'exaspérait mais je n'osais pas le montrer.

— Sirikit se jetterait au feu si vous le lui commandiez.

— Avant de se jeter au feu, vous savez, elle hésiterait peut-être. Quoique les Thaïs croient en la réincarnation. Chaque mort, les rapprochant du nirvâna, est considérée comme une délivrance. Alors, on ne sait jamais !

Il m'avait tourné le dos et avait déjà posé une main sur le bouton de la porte.

— Arnaud, le rappelai-je, je vous interdis de donner ce bijou ...

— Vous m'interdisez ! En général, c'est moi qui interdis, ici. Vous ne manquez pas de présomption. Puis-je savoir pourquoi vous prétendez m'interdire de disposer d'un cadeau que vous refusez ?

— Parce que vous l'aviez choisi pour moi, justement. Alors, il m'appartient un peu. Il me serait très désagréable, insupportable même, de le voir porter par une autre femme, sous ce toit.

— Tiens, voici l'enfant gâtée qui reparaît. Alors, c'est entendu. Personne d'autre que vous ne portera ce bracelet mais à une condition ...

— Laquelle ?

Il ne répondit pas à ma question mais déclara :

— J'ai deux jours de liberté, Sandra, deux jours sans aller à l'usine. Hier soir, en rentrant, je pensais les passer avec vous et vous sortir un peu. Il y a beaucoup de choses à voir dans ce pays enchanteur. Seulement voilà, j'ai trouvé cet écrin sur ma table de nuit ... Alors, maintenant, j'avoue que j'hésite. Avec qui vais-je passer ces fêtes de fin d'année ? Il faudra que je consulte mon carnet d'adresses et lance quelques appels téléphoniques afin de savoir si Pirom, Coutali ou Kéchada est libre.

— Arnaud, cessez ce jeu. Vous savez bien que je souhaite votre présence. Combien de fois devrai-je vous le répéter pour vous en convaincre ?

— Vous voulez que je reste avec vous ?

— Oui, de tout mon cœur.

— Alors, je vous propose une trêve, la trêve des confiseurs, en quelque sorte. Seulement promettez-moi de rentrer vos griffes.

— Je vous le promets.

— Je mets encore une condition, ajouta-t-il.

— Quelle est-elle ?

— Que vous acceptiez ce bracelet et que vous le portiez. Je vous donne une heure pour réfléchir. Quand je reviendrai, je veux le voir à votre bras. Sinon, je téléphone ... Vous avez bien compris, n'est-ce pas ?

Sans attendre ma réponse, il ajouta :

— Alors, à vous de choisir !

— Vous êtes le diable ! m'écriai-je.

CHAPITRE VIII

La barque dans laquelle nous nous promenions depuis le début de l'après-midi sur les *klongs*, au milieu d'une végétation tropicale luxuriante, s'arrêta devant un petit débarcadère, un ponton plutôt. Dès qu'elle se fut immobilisée, Arnaud se leva, puis se pencha vers moi pour me prendre dans ses bras.

— Laissez-vous faire, me recommanda-t-il. Je vais vous porter sur la rive. Là, au fond de ce jardin, vous assisterez à un combat fascinant.

Lorsqu'il me souleva, la barque oscilla si fort que je me demandai pendant quelques secondes si je n'allais pas basculer dans l'eau jaunâtre et y sombrer à corps perdu. Tout au cours de la promenade, délicieuse d'ailleurs, j'avais vu de nombreux enfants plonger en riant dans cette eau qui ne m'attirait guère mais faisait leurs délices quotidiennes.

Fort heureusement, l'embarcation reprit son équilibre et Arnaud posa le pied sur le rivage. Mes bras s'étaient refermés autour de son cou et ma tête reposait sur son épaule. Que j'étais bien !

— Dois-je continuer à vous porter ? me demanda-t-il.

J'aurais aimé demeurer ainsi, blottie contre lui, mais je n'osai l'avouer, aussi affirmai-je :

— Non, ce n'est pas nécessaire. Grâce au pansement que m'a refait Michel hier, je peux mettre le pied par terre sans trop souffrir.

Nous nous trouvions dans une sorte de jardin, halte prévue pour les touristes qui effectuent sur les canaux ruraux l'excursion recommandée. Toutes les barques qui suivaient la nôtre, en une curieuse procession aquatique, s'immobilisèrent également.

Devant nous, sur un éventaire, noix de coco, ananas, bananes, mangues, tamarins, litchies et autres fruits tropicaux dont j'ignorais le nom, étaient présentés sur des assiettes, épluchés, prêts à être consommés par les amateurs.

— Quelque chose vous tente-t-il ? demanda Arnaud.

— Non, merci, je n'ai pas faim. Vous m'avez si bien traitée à midi que je ne pourrais rien avaler maintenant.

Nous suivîmes une allée étroite en bordure d'un ru. Dans une cage juste assez grande pour lui, un toucan se tenait en équilibre sur un rondin. Je n'avais jamais vu d'oiseau aussi étrange. Je m'arrêtai un instant pour regarder son bec jaune démesurément long et courbe, ainsi que les couleurs éclatantes de ses plumes.

De son gros œil rond, le toucan fixait l'eau glauque du ruisseau. Soudain, sans raison apparente, il se mit à battre des ailes en poussant un cri bizarre, plusieurs fois répété.

Je le contemplais, fascinée non par sa beauté, mais par l'étrangeté de son apparence. Le soleil brillait dans un ciel si bleu que je réalisai avec un étonnement émerveillé que nous étions le trente et un décembre. Comme Paris et sa grisaille hivernale me paraissaient loin ! Il me semblait me mouvoir dans un autre univers, différent de tout ce que j'avais pu imaginer jusque-là. Que je me sentais heureuse de profiter d'un soleil estival auprès d'un compagnon aussi attirant qui, depuis le début de la promenade, s'était montré charmant et capable d'attentions délicates !

J'aurais voulu que cet après-midi enchanté ne finît jamais ! J'étais tentée de comparer le jardin dans lequel nous venions d'aborder au paradis terrestre, mais j'allais bientôt déchanter. Arnaud devait se charger de me ramener sur terre et à la dure réalité qui était nôtre.

— Venez, me dit-il, ce n'est pas cet oiseau que je désirais vous montrer. Le vrai spectacle se passe un peu plus loin. Appuyez-vous sur moi.

Il glissa un bras autour de ma taille pour me soutenir de son mieux. J'oubliai vite que je marchais encore avec peine pour ne plus penser qu'à l'étreinte de ses doigts nerveux, qu'à la caresse de sa paume, posée sur le tissu léger de ma robe et dont le contact m'enfiévrait. Je tournai le visage vers mon compagnon et lui souris avec tendresse.

— Heureuse, petite Sandra ? demanda-t-il d'une voix étrangement douce.

— Très heureuse ! J'ai l'impression d'exister, de vivre vraiment pour la première fois de ma vie et c'est merveilleux !

— Nous voici arrivés, regardez bien, cela en vaut la peine.

Plusieurs personnes se pressaient autour d'une cage en verre, posée sur des tréteaux. Nous prîmes place à côté d'eux. Un homme introduisit dans la cage vide un cobra et une mangouste. Les deux animaux se mesurèrent du regard, ne paraissant pas pressés d'entamer les hostilités. La mangouste se réfugia peureusement au fond de la cage. Le cobra se tenait immobile, la tête dressée, l'œil fixe. L'homme, pour stimuler son ardeur, le taquina avec un bâton, le poussant vers son adversaire réticent.

La main d'Arnaud accentua sa pression sur ma taille et ses ongles meurtrirent ma chair, lorsqu'il me murmura à l'oreille :

— Alors, mon cœur, les paris sont ouverts. Pour lequel optez-vous ? Ils vont se livrer un duel dont un seul sortira vivant. Ils vont se déchirer. Vous ne trouvez pas qu'ils nous ressemblent ? Nous déchirer, n'est-ce pas ce que nous faisons depuis que je vous ai recueillie chez moi ? Alors, dites-moi, lequel choisissez-vous pour vous représenter, le cobra ou la mangouste ?

Voir ces deux créatures face à face me soulevait le cœur. J'ai toujours détesté la violence, surtout la violence inutile. A quoi bon obliger ces bêtes à se battre pour divertir quelques touristes désœuvrés ?

— Partons, Arnaud, suppliai-je. Ce spectacle ne m'amuse pas, je vous assure.

— Partir avant la fin de l'attraction, vous n'y pensez pas. Moi, je suis curieux de savoir lequel va gagner. Alors, avec quel animal vous identifiez-vous ?

— Si j'étais seule en cause, je ne saurais lequel choisir, mais puisque vous êtes de la partie, sans hésiter, je vous attribue le cobra.

— Le cobra ? Et pourquoi ?

— Parce que, comme cet animal, vous fascinez vos proies pour mieux les anéantir, pour les réduire à votre merci.

— Vous parlez pour vous ? Vous seriez fascinée ? Je ne m'en serais jamais douté !

A ce moment-là, la mangouste, gueule ouverte, bondit sur le cobra et lui porta un furieux coup de dent. Le serpent recula vivement.

— Vous avez raison de vous identifier à la mangouste, car comme elle, vous avez la dent dure, commenta Arnaud.

— Je me défends quand c'est nécessaire, c'est tout.

— Vous ne vous contentez pas de vous défendre. Vous passez souvent à l'attaque, comme elle. Tenez, regardez.

Le petit carnassier, en effet, venait d'atteindre son adversaire une nouvelle fois. Le cobra, le cou élargi, la tête inclinée, se mit à défier l'adversaire, semblant prêt à le mordre. Mais il recula ...

L'arbitre de ce duel, une nouvelle fois, poussa le reptile avec son bâton pour l'inciter à l'attaque car le serpent se contentait de défier la mangouste sans plus bouger.

— Ne craignez rien pour votre protégée, murmura Arnaud. Elle ne risque pas grand-chose. On la prétend naturellement immunisée contre le venin des serpents.

— Elle risque pourtant d'être avalée, dévorée ! Elle joue sa vie, elle aussi.

— Et vous, ma gazelle sauvage, que jouez-vous, dites-moi ?

— Mon cœur et, sans doute, mon existence entière, répondis-je tout bas. Mais vous vous en souciez si peu ...

Entendit-il mes paroles ? Je ne le crois pas. Car une nouvelle joute venait d'attirer son attention. Deux coqs, éperons aux ergots, avaient été lancés l'un contre l'autre, à quelques pas de la cage. Le cobra et la mangouste furent précipitamment retirés de la vue des curieux.

— Finalement, Arnaud, constatai-je, ce n'était pas un vrai combat mais une simple attraction. Les dés étaient pipés. Le meneur de jeu savait qu'il récupérerait les combattants avant qu'ils ne soient blessés à mort.

— Comme il récupérera ceux-ci dès que le premier sang aura coulé. Ici, on veut bien amuser les touristes, mais aux moindres frais. Ces coqs doivent servir plusieurs fois. Mais regardez, ils n'en sont pas moins furieux, combatifs, héroïques même !

J'étais la proie d'une véritable nausée. Ce spectacle était encore plus répugnant que le précédent.

— Partons, Arnaud. Je déteste voir les bêtes se battre ...

— Pauvre petit cœur sensible ! se moqua-t-il en haussant les épaules. Vous n'avez pas autant de scrupules quand vous vous dressez contre moi.

— Parce que vous êtes de taille à vous défendre ... Venez, reprenons la promenade sur les klongs, nous y étions si bien !

Comme il ne bougeait pas et gardait le regard fixé sur les volatiles, m'écartant brusquement de lui, je lui tournai le dos.

— Restez ici si vous voulez, lançai-je, moi, je ne veux pas en voir davantage. Je pars.

Sa main impérieuse se posa sur mon bras et me retint.

— Pas si vite, recommanda-t-il. Oubliez-vous que vous avez encore besoin de vous appuyer sur moi pour marcher ?

— Je n'en aurai bientôt plus besoin, heureusement ! répliquai-je. Dans quelques jours, les séquelles de cet accident seront complètement effacées. Alors, je me sentirai libre ! Ce ne sera pas trop tôt.

Arnaud me dédia son sourire dont l'ironie mordante m'exaspérait et, en passant un bras autour de ma taille pour me soutenir, me murmura à l'oreille :

— Non, Sandra, vous vous trompez, vous ne serez plus jamais libre désormais.

— Que voulez-vous dire ?

— Pour rester indépendante, il n'aurait pas fallu me rencontrer. Mais la destinée vous a mise sur ma route et moi, j'ai décidé de vous garder, c'est tout. Alors, vous voyez, vous n'êtes plus libre. Vous m'appartenez. Vous êtes la prisonnière du destin, ma prisonnière. D'ailleurs, vous le savez bien. Où pourrez-vous aller maintenant ? Imaginez seulement une seconde votre désarroi si je vous retirais mon aide, si je vous ouvrais toutes grandes les portes de la Pagode d'Argent ! Que feriez-vous ? Où vous réfugieriez-vous, pauvre petit oiseau tombé du nid ?

J'eus envie de lancer :

« Je ne serais pas prise au dépourvu. J'irais chez Michel Delbart. Il ne refuserait pas de m'accueillir, de m'aider. »

Mais je n'osai pas prononcer de telles paroles, de peur d'exciter encore sa jalousie démentielle. Une autre idée me vint à l'esprit, c'est celle-ci que j'exprimai :

— Est-ce pour vous venger du départ et de l'abandon de votre femme, que vous voulez me garder de force auprès de vous ?

— Peut-être, en effet, est-ce une sorte de revanche que je souhaite prendre. La vie ne m'a guère été douce ... Mais je dois relever deux mots dans votre question, deux mots inutiles. Je ne veux pas vous garder « de force ». Je veux vous garder tout simplement. Et vous verrez que bientôt vous resterez auprès de moi de votre plein gré.

— Cela m'étonnerait beaucoup ! lançai-je sur un ton provocant.

Je protestais par habitude, pour le plaisir de le contrer, car je savais bien que je l'aimais trop pour souhaiter m'éloigner de lui. Pourtant je ne voulais pas encore reconnaître ma défaite.

Nous étions arrivés au bord du klong. Le propriétaire de la barque que nous avions louée pour l'après-midi, nous attendait à peu de distance du débarcadère, qu'il laissait dégagé pour ne pas gêner l'arrivée et le départ des autres promeneurs.

Dès que l'homme nous aperçut, il mit son moteur en marche. L'embarcation s'approcha du ponton et s'immobilisa. Il ne nous restait plus qu'à monter.

Arnaud, presque brutalement, me saisit dans ses bras, me souleva avec aisance et m'ordonna sur un ton sec :

— Tenez-vous à moi et ne bougez plus, à moins qu'un plongeon en ma compagnie ne vous tente. Au moindre mouvement de votre part, je risque de perdre l'équilibre et de faire chavirer la barque.

Je nouai donc mes deux bras autour de son cou, posai la tête sur son épaule et me tins aussi inerte que possible, tandis que mon cœur s'affolait.

Arnaud devina-t-il mon trouble ? Sans doute, car avant de monter dans la barque, il inclina sa tête vers la mienne et me murmura à l'oreille :

— Maintenant, répétez-moi que vous avez envie de me quitter quand je vous tiens ainsi, Sandra. Répétez-le, si vous osez mentir aussi effrontément.

— Il y a quelques instants, je vous ai dit que, comme le serpent, vous fasciniez vos proies. N'est-ce pas ce que vous faites en ce moment ? Vous me tenez sous le charme de votre regard, ce regard que vous savez rendre si dur, si cruel quand vous le désirez. Que voulez-vous que je vous dise ? Que vous êtes trop beau, trop séduisant pour que je demeure insensible quand vous me serrez dans vos bras ? Ne trouvez-vous pas ridicule, insensé, d'exiger de tels aveux d'une femme ?

— Mais vous n'êtes pas une femme, ma gazelle, d'après ce que vous prétendez, en tout cas. Vous n'êtes qu'une petite fille romanesque ...

Je l'interrompis brusquement.

— Pas romanesque du tout, au contraire. Je garde la tête froide quand il le faut.

— Que vous vous connaissez mal ! Heureusement que je suis là pour vous révéler à vous-même. La vie est belle, vous savez, pour ceux qui veulent profiter de certains moments privilégiés, comme celui-ci.

Il pencha un peu plus le visage vers moi et avant que j'aie pu prévoir son geste, sa bouche se posa sur la mienne. Des sensations contradictoires s'emparèrent de tout mon être. Il m'embrassait avec passion mais je ne pouvais oublier qu'il me tenait dans ses bras, debout au bord du klong, à l'entrée d'un jardin plein de touristes et que chacun pouvait nous voir.

— Arnaud, murmurai-je lorsqu'il se redressa, n'avez-vous pas honte ? Nous ne sommes pas seuls. On nous regarde.

— On nous regarde peut-être, mais personne ne songe à s'offusquer. On en a vu d'autres à Bangkok.

Notre batelier, en effet, nous souriait de toutes ses dents et ne semblait pas choqué le moins du monde. Pour un peu, il aurait applaudi.

— Maintenant, me recommanda Arnaud, reprenez la pose et tenez-vous aussi immobile qu'une statue. Attention, un, deux, trois ...

Je me raidis dans ses bras, m'accrochai à son cou et il sauta dans l'embarcation sans effort apparent. La barque oscilla mais reprit vite son équilibre.

— Sauvés, s'écria Arnaud en riant. Nous sommes sauvés ! Le plongeon sera pour une autre fois.

Je réussis à m'asseoir sur le banc de bois sans trop de difficulté et Arnaud s'installa à côté de moi. Il échangea quelques mots avec le batelier et la promenade délicieuse reprit, pour ma plus grande satisfaction.

J'avais posé la tête sur l'épaule de mon compagnon et je me laissais glisser, voguer au fil de l'eau, au milieu de cette campagne luxuriante et fleurie.

Par moments, les canaux se rétrécissaient pour ressembler à des ruisseaux. Deux barques s'y seraient croisées avec peine. Nous devions courber la tête pour éviter que des branches d'arbres ne nous frôlent ou nous griffent le visage. Il aurait suffi de tendre la main pour cueillir ici une banane, là une branche de bougainvillées.

De petites maisons entourées de jardins se succédaient sur les rives. Parfois un buffle se tenait entre le sol et le plancher de l'habitation, haut perchée sur ses pilotis. Là, un vieillard, assis sur le balcon de bois, regardait passer les promeneurs.

— Dans cette région, me dit Arnaud en souriant, le facteur fait sa tournée en barque.

Des familles entières se promenaient sur les canaux. Chacun nous souriait et nous faisait un signe amical de la main. Des enfants, juchés sur des ponts minuscules, nous saluaient aussi joyeusement.

— Les gens paraissent heureux, constatai-je.

— Ils le sont. Dans ce pays, chacun mange à sa faim et pour vivre bien, les Thaïlandais n'ont pas de grands besoins ni de grandes exigences. Il leur suffit de posséder l'essentiel dans leur demeure.

Moi aussi, je me sentais pleinement heureuse au milieu de cette nature généreuse et auprès de l'homme qui, maintenant, représentait mon univers et me serrait tendrement contre lui. J'aurais voulu m'abandonner à ce bonheur sans redouter de nouveaux affrontements et sans penser à l'avenir impossible. N'étions-nous pas en train de vivre une trêve ? Combien de temps durerait-elle ?

CHAPITRE IX

Dès que le chauffeur arrêta la voiture devant la Pagode d'Argent, Arnaud sauta à terre. Sans attendre que Soucheng descende pour m'ouvrir la portière, il l'ouvrit lui-même. A peine me donna-t-il le temps de poser un pied sur le sol, déjà il me soulevait dans ses bras et m'emportait comme on ravit une proie.

Je me souvenais d'avoir vu au cinéma des maris anglo-saxons faire franchir de cette façon à leur jeune épouse le seuil de leur nouvelle demeure. Et je ne pus m'empêcher de penser à cette minute-là qu'Arnaud n'était pas mon mari et ne le serait certainement jamais. Blottie dans ses bras, je ne pouvais que le déplorer.

— Ce long après-midi passé en barque doit vous avoir fatiguée, dit-il. Vous allez vous reposer avant le dîner.

Il traversa plusieurs salles, plus somptueuses les unes que les autres, avant de s'arrêter dans le grand salon d'apparat pourpre et or. Là, il me déposa sur un canapé moelleux. Je pensai qu'il allait s'asseoir aussi mais la conduite d'Arnaud différait toujours de celle que j'attendais. Au lieu de s'installer à côté de moi, il demeura debout pour déclarer :

— Attendez-moi ici bien sagement. Reposez-vous, je sors. Il me reste quelques achats à faire.

Des achats ? Ce ne pouvait être pour moi. Car le bracelet-montre qui brillait à mon poignet constituait les plus somptueuses étrennes dont une femme pût rêver. S'il sortait maintenant, c'était pour offrir des cadeaux à quelqu'un d'autre. Peut-être à Sirikit ? Tenait-il donc tellement à elle ?

La jalousie me mordit le cœur. Un intense désir de retenir Arnaud s'empara de moi.

— Ne me quittez pas ! Vous m'aviez promis de passer ces deux jours avec moi ...

— N'est-ce pas ce que je fais ? Je vous conseille de vous plaindre. Cela vous va bien. Il est six heures du soir. Je vous tiens compagnie depuis votre réveil. Allons, Sandra, trêve d'enfantillages, s'il vous plaît. J'ai besoin de sortir, je sors, c'est tout. Je vous envoie Sirikit. Elle va vous offrir des rafraîchissements. Ensuite, elle vous aidera à vous préparer pour le dîner. C'est fête, ce soir, ne l'oubliez pas.

Je tendais la main vers lui en un geste suppliant, mais il ne la vit même pas. Sur le seuil du salon, il se retourna.

— Sandra, dites-vous bien une chose : la femme qui m'empêchera de sortir quand j'ai décidé de le faire n'est pas encore née !

— Oui, je sais, constatai-je sur un ton rageur. Vous êtes le maître. Vous entendez le rester. Chacun ici doit se plier à vos exigences ...

Mais je m'agitais en vain. Avant que j'achève la première phrase, il avait quitté la pièce.

Lorsque je fus seule, je sentis tout le poids de la fatigue s'abattre sur moi. Le grand air m'avait enivrée après cette longue détention, enivrée et épuisée. Je laissai ma tête aller contre les coussins.

Un doux silence régnait dans le palais. Arnaud, avant de sortir, avait-il recommandé à chacun de respecter mon repos ? Peut-être, après tout, se souciait-il assez de moi pour l'avoir fait.

J'ai toujours apprécié le calme. Ce silence bienfaisant me rappelait l'atmosphère studieuse des salles de bibliothèque que je fréquentais à Paris.

Paris, comme c'était loin déjà, loin et oublié ! Qu'il me semblait étrange d'évoquer ce qui avait été ma vie avant ma rencontre avec Arnaud !

La lumière tamisée des lampes m'incitait à la somnolence. Je fermai les yeux.

Ai-je sombré dans le sommeil ? Je n'aurais pu le dire. Car bientôt, je sentis qu'on s'affairait autour de moi. Je perçus des bruits de pas, feutrés par l'épaisseur des tapis.

En ouvrant les yeux, je vis le visage de Sirikit penché sur moi.

— Avez-vous besoin de quelque chose, madame ? J'ai apporté du thé.

— Merci, Sirikit, donne-m'en un peu, si tu veux.

En réalité, je n'ai jamais aimé ce pâle breuvage. Mais les mets épicés qu'Arnaud m'avait fait goûter au déjeuner avaient provoqué en moi une soif ardente qu'il me fallait étancher.

La jeune Thaïlandaise me présenta un bol de porcelaine rempli à ras bord.

« Est-ce Arnaud qui lui a ordonné de m'en donner autant ? » me demandai-je en comparant le contenu du bol à la tasse diaphane qu'elle me présentait d'habitude.

Tout était-il organisé, ordonné, régenté dans ce palais ? Quoi que je fasse, quoi que je dise, n'étais-je pas soumise aux ordres du maître, même par personne interposée ? Ne dépendais-je pas uniquement de son bon vouloir ?

A cette idée, un sentiment de révolte s'empara de mon être.

— Je n'ai pas envie de thé, Sirikit, dis-je en repoussant le bol dans lequel j'avais à peine trempé les lèvres. Va me chercher de l'eau, s'il te plaît.

— Tout de suite, madame.

Je regrettai aussitôt mon caprice. Sirikit obéissait aux ordres. Elle m'avait déjà expliqué qu'elle ne pouvait pas agir autrement. Pourquoi lui garder rancune ? Elle n'était pas responsable.

Déjà, elle revenait à petits pas feutrés comme d'habitude, avec un grand verre et une bouteille d'eau minérale, posés sur un plateau d'argent.

— Le *Khao Pad'* (1) que Savek avait préparé à midi m'a donné très soif, dis-je en me servant abondamment à boire.

— Vous n'avez pas aimé cela, madame ? Savek, pourtant, avait fait de son mieux.

— C'était délicieux mais je ne suis pas encore habituée à la cuisine thaïe.

— C'est pourquoi Monsieur vient de sortir, m'expliqua Sirikit. Ce soir, il veut vous faire une surprise et même plusieurs. Mais, chut ! ajouta-t-elle en posant un doigt sur ses lèvres, je ne vous ai rien dit. Monsieur m'avait recommandé de garder le secret.

— Tu n'as pas trahi un grand secret en me parlant de surprise, rassure-toi.

Mon irritation venait de renaître en apprenant qu'avant de quitter la Pagode d'Argent, Arnaud avait fait des confidences à la jeune fille. Il n'avait pas daigné me donner la moindre explication sur les achats qui lui restaient à effectuer. Mais Sirikit, elle, était au courant.

Que je détestais l'entente qui paraissait régner entre eux ! C'était plus que de l'entente, d'ailleurs, une sorte de connivence, de complicité. Jusqu'où allait cette complicité ? Que partageaient-ils encore ?

Une jalousie plus exacerbée que jamais me poussa à demander sans mesurer la cruauté de ma question :

(1) Khao Pad' : mélange de riz, de poulet et de fruits de mer assaisonné avec du poivre et une sauce de poisson.

— Tu aimes ton maître, n'est-ce pas, Sirikit ?

Une lueur d'affolement passa dans les doux yeux bruns et une vive rougeur colora ses joues. Pendant quelques secondes, elle garda le silence. Sans doute cherchait-elle la protestation qui pourrait me convaincre le mieux.

— Tu l'aimes, insistai-je, car je voulais savoir. Aie la franchise de l'avouer.

— J'aime Savek, madame, déclara-t-elle. Nous allons bientôt nous marier.

Mais une sorte de désespoir vibrait dans sa voix et elle détourna le regard. Son habituel sourire n'avait pas quitté ses lèvres. Pourtant il n'était pas difficile de deviner qu'elle souffrait.

Ma conduite me fit honte. Pourquoi avais-je été aussi inconsciemment méchante ?

« Comment une femme pourrait-elle vivre pendant des années auprès d'Arnaud sans l'aimer ? » me demandai-je.

Sirikit subissait le sort commun. Elle était plus à plaindre qu'à blâmer.

Honteuse, malheureuse, je ne savais plus quelle contenance adopter. Je regardai ma montre qui, depuis le matin, brillait à mon poignet.

— Je crois qu'il va être temps de me préparer pour le dîner, Sirikit. Veux-tu m'accompagner jusqu'à ma chambre ?

— Pourrez-vous marcher ? Voulez-vous que j'appelle mon père pour vous aider ?

— Ton père n'est pas sorti avec M. Arnaud ?

— Non, Monsieur est sorti seul.

— Je pourrai marcher, affirmai-je.

La Pagode d'Argent, en réalité, est composée de trois pagodes construites dans un vaste jardin fleuri au bord du Ménam. Ces pagodes sont reliées entre elles par de charmants ponts ouvragés et sculptés.

Le salon d'apparat dans lequel je me reposais maintenant se trouvait dans le premier palais, le plus proche de la rue. Ma chambre, en revanche, était située dans le troisième, non loin du fleuve.

N'avais-je pas présumé de mes forces ? Pourrais-je marcher jusque-là ?

— Donne-moi le bras, Sirikit, demandai-je.

En m'appuyant sur elle, je franchis le premier pont, gardé par les grandes statues de trois Yaks grimaçants et bigarrés. Je ne pus m'empêcher de penser, en voyant leur visage peint de différentes couleurs, leur chapeau pointu et leurs mains gantées, que des enfants français les auraient comparés à des clowns, des clowns effrayants.

En boitant un peu, je traversai la seconde pagode où je n'avais encore jamais mis les pieds auparavant. Chambres et salons luxueux se succédaient en une enfilade princière. J'étais dans le célèbre « Pavillon des laques » rempli d'antiquités, et je me dis en ressentant un cruel pincement au cœur que, si Arnaud voulait y recevoir des amies, il pourrait les éblouir en toute quiétude sans que j'en sois avertie.

Ne l'avait-il pas déjà fait, d'ailleurs, depuis qu'il m'avait recueillie au Palais ? Je ne pouvais manquer d'évoquer ses absences inexpliquées et de trembler rétrospectivement.

Comme tout était bien organisé ici pour que le maître pût se délasser selon son bon plaisir ! Il est vrai que depuis le départ de son épouse et avant mon arrivée, Arnaud n'avait de comptes à rendre à personne. Et même maintenant, pourquoi oserais-je lui demander de me rendre des comptes ? Qu'étais-je pour lui ? Une inconnue recueillie par pitié et gardée par caprice, rien de plus.

La visite de la Pagode d'Argent, que je venais d'effectuer, m'incitait à l'humilité et me sapait le moral.

« La sagesse t'ordonne de garder la tête froide, Sandra ! me dis-je. Vivre dans un cadre pareil ne doit pas te faire perdre l'esprit. Tu n'es pas à ta place, ma fille, dans un palais aussi luxueux. Tout ceci est un rêve, un rêve trop beau pour durer. Tu vas te réveiller et le choc sera rude ! »

En attendant, Sirikit me soutenait du mieux qu'elle pouvait et nous traversions le second pont. Encore quelques pas, une grimace ironique au Yak isolé qui gardait la porte du dernier palais et je posai le pied dans ma chambre. Là, peut-être retrouverais-je, dans ce cadre devenu familier, un peu de confiance en l'avenir. J'en avais bien besoin !

— Je vais vous préparer un bain, madame, me proposa Sirikit. D'après ce qu'il m'a dit, Monsieur n'est pas près de rentrer. Ainsi, vous serez détendue pour le dîner.

Détendue, certes, rafraîchie aussi et délicatement parfumée, vêtue de la tunique bleu roi que je n'avais pas encore portée, j'attendais le retour d'Arnaud.

Sirikit s'était occupée de moi avec une extrême gentillesse et beaucoup de compétence. Toutes les Thaïlandaises étaient-elles aussi douées pour procurer aux corps, qu'elles baignaient et massaient ensuite, un pareil bien-être ? Je ne pus m'empêcher de me poser la question.

« Sirikit a des mains de fée, m'avait dit Arnaud un jour, profitez-en. »

Sous ses doigts les fatigues de la journée s'étaient effacées d'elles-mêmes comme par magie. Sirikit avait ensuite refait de façon très correcte le pansement qui maintenait en place ma cheville encore endolorie. Par une mèche de cheveux savamment enroulée, elle avait dissimulé la cicatrice qui courait en haut de mon front.

Puis, ayant mis un peu de fard sur mes joues et de carmin sur mes lèvres, un flacon de khôl à la main, elle se préparait à souligner d'un trait noir le contour de mes yeux lorsque je l'avais arrêtée d'un geste.

— Ce n'est pas la peine, Sirikit. Je ne me suis jamais maquillé les paupières de ma vie.

— C'est la coutume de mon pays, madame, et Monsieur m'a recommandé de vous faire très belle, ce soir, pour fêter la nouvelle année ... Mais si vous ne voulez pas de khôl, je n'insiste pas. Tenez, voici la première surprise qu'on m'a chargée de vous faire lorsque je vous aurais préparée et habillée.

Elle s'était dirigée vers la commode et en avait sorti un miroir étincelant, serti dans un cadre d'argent en forme de cœur.

D'un geste avide, je m'en étais emparée. L'image que me renvoya le miroir me rassura. Non, je n'étais pas défigurée comme je l'avais craint pendant d'interminables journées. Lorsque mes cheveux, que Michel avait dû couper très ras pour recoudre la plaie, auraient repoussé et cacheraient définitivement la cicatrice, je ne garderais aucune trace de cette malencontreuse aventure.

Le miroir à la main, je prenais un plaisir intense à admirer l'image qu'il me renvoyait. J'avais eu si peur !

« A nous deux, Arnaud, pensai-je. Je me sens de taille à lutter, maintenant. Je suis assez jolie pour que vous vous traîniez à mes pieds, assez jolie pour m'offrir le luxe de vous repousser et de vous faire souffrir comme l'a fait cette Diane exécrée ! »

Je m'enivrais de mes propres pensées. Mon exaltation flamba pendant quelques minutes, puis tomba petit à petit comme un feu qui meurt.

Le temps s'enfuyait et bientôt une seule idée m'occupa l'esprit.

Il était tard. Pourquoi Arnaud ne rentrait-il pas ? Quelles courses prétendait-il faire encore ? Toutes les boutiques n'étaient-elles pas fermées depuis longtemps, même un 31 décembre ?

Mon bel optimisme fondait peu à peu pendant qu'assise sur le canapé, j'attendais que le maître de la Pagode d'Argent daignât se souvenir de mon existence.

Enfin, quelqu'un frappa à la porte. Je le priai d'entrer en tressaillant d'impatience. Ce ne fut pas Arnaud qui parut sur le seuil, mais Soucheng.

— Monsieur m'a prié de voir si vous étiez prête, madame.

— Je suis prête depuis très longtemps, répondis-je.

— Alors, Monsieur vous fait dire qu'il vous attend dans le salon bleu.

— Où est le salon bleu ?

— Je vais vous y conduire, répondit le chauffeur en s'inclinant respectueusement.

Je me levai et le suivis. Sirikit marchait à côté de moi, attentive, prête à me soutenir si ma cheville me jouait de vilains tours.

Nous traversâmes plusieurs pièces. Le salon bleu était le dernier de la troisième pagode, celle que j'habitais. Le plafond à poutres apparentes était délicatement peint en bleu et or. Les murs étaient recouverts de velours bleu nuit ainsi que les canapés et les fauteuils. Un immense tapis en garnissait le sol.

Sur une table basse, au centre de la pièce, un grand plateau abondamment garni de mets raffinés était posé. Arnaud parut alors. Dieu, qu'il était beau dans son kimono brodé !

— Merci, Soucheng, dit-il. Tu peux aller dîner avec ta famille, maintenant ... Va rejoindre les tiens, Sirikit. Je n'ai plus besoin de toi non plus.

Le chauffeur et sa fille se retirèrent aussitôt et je me trouvai seule en face du maître de la Pagode d'Argent. Il m'ouvrit les bras.

— Venez, mon cœur, approchez-vous. Après l'après-midi fort agréable que nous avons passé ensemble, j'ai pensé que pour terminer l'année et aussi pour voir naître l'année nouvelle, vous aimeriez être seule avec moi. J'espère ne pas m'être trompé. J'ai donc fait apporter ici tout ce dont nous pourrions avoir besoin pour réveillonner.

Je m'avançai vers Arnaud, rayonnante, éperdue de reconnaissance. Il m'attira à lui, puis prit mon visage dans sa main droite et le garda prisonnier. Les yeux rivés aux siens, incapable de raisonner, j'attendais son baiser.

Lorsque ses lèvres ne furent plus qu'à un souffle des miennes, un aveu que je ne pouvais plus différer m'échappa. Je murmurai :

— Je vous aime, Arnaud, je vous aime passionnément. Ne l'avez-vous pas deviné ? Ne l'avez-vous pas compris ? Je crois vous avoir aimé dès qu'à demi inconsciente j'ai ouvert les yeux et les ai posés sur votre visage.

Au lieu de m'embrasser comme je m'y attendais, il recula brusquement comme si un serpent l'avait mordu et éclata de rire :

— Eh bien, ma gazelle sauvage, vous devenez romanesque ! Attention, ou je me croirais tout permis ... La soirée ne fait que commencer. L'heure de la tendresse n'a pas encore sonné. Nous devons dîner d'abord.

Des larmes d'humiliation perlèrent à mes cils. Il venait de briser un élan spontané. Je me sentais rejetée, tournée en dérision alors que l'amour le plus vibrant avait dicté mes paroles.

— Par moments, je vous déteste, m'écriai-je. Vous détruisez tout ce que vous touchez, comme à plaisir. Sans doute vous a-t-on fait du mal dans le passé ? Sans doute avez-vous souffert ? Mais cela ne vous donne pas le droit d'être aussi ironique, aussi cruel. Que faut-il faire pour trouver grâce à vos yeux ?

Il me regardait, impassible, pendant que, tremblante d'indignation, je lui faisais face.

Un sourire glacé fleurit sur ses lèvres.

— Du calme, petite fille, ne vous exaltez pas ainsi. Que connaissez-vous de la vie, dites-moi ? Rien. Alors, attendez pour juger. Elle se chargera de vous apprendre à contrôler vos réactions et à les modérer. Nous vivons une trêve, l'avez-vous oublié ? Alors, pas d'agressivité, pas de violence, de la douceur, de la gentillesse. J'en ai tant besoin. Après m'avoir promis de rentrer vos griffes pendant deux jours, vous osez me crier que vous me détestez. Est-ce ainsi que vous tenez vos promesses ?

Il se tut pendant un instant. Embarrassée, je reculai pour m'asseoir dans un fauteuil. Mais brusquement il me tendit la main en disant :

— Maintenant, venez dîner. Ne boudez pas. J'ai remarqué à midi que vous appréciez médiocrement les spécialités thaïlandaises, c'est pourquoi je suis allé en ville. Regardez. Que voyez-vous sur la table ? Du caviar, du foie gras, une langouste et du champagne ... Voilà de quoi réveillonner comme en France. Alors, asseyez-vous à côté de moi, détendez-vous et soyez heureuse !

Que j'aurais voulu qu'il ajoutât : « Je vous aime ! » Mais ces mots, que j'avais moi-même prononcés avec tant de foi et d'enthousiasme, ne franchiraient sans doute jamais ses lèvres.

Oh ! Arnaud, déconcertant Arnaud ! Saurais-je un jour vous comprendre et deviner ce que vous attendez de moi ? Pourquoi vous amusez-vous à m'attirer pour me repousser aussitôt comme un enfant gâté rejette le jouet dont il se lasse ?

Un jouet, c'est cela, je n'étais qu'un jouet entre ses mains. Lorsque je ne l'amuserais plus du tout, il me mettrait à la porte de son palais. Ne sortirais-je pas de cette aventure peu commune, brisée à jamais, incapable de mener une existence heureuse ?

— Allons, venez, répéta-t-il en s'avançant vers moi.

Comment résister à l'appel de sa main tendue ? Qu'aurais-je pu faire d'autre que de me lever et lui donner la mienne ? Il m'entraîna vers la table.

— A défaut de la cuisine typique, dit-il, nous aurons du moins l'ambiance thaïe. Dans certains restaurants de Bangkok, les mets, très abondants, sont ainsi servis sur des tables basses. Les convives choisissent ce qui les tente.

Il prit alors les volumineux coussins de velours bleu posés sur les fauteuils et les canapés pour les regrouper autour de la table.

— Asseyez-vous sur l'un d'eux, mon cœur, dit-il.

Je lui obéis.

— Maintenant, je mets deux coussins derrière vous, un de chaque côté, Si vous êtes fatiguée, vous pourrez vous appuyer sur eux.

Après un instant de silence, il ajouta :

— Vous avez choisi la toilette qui convenait. Vous êtes ravissante ! Seul, votre visage émerge de cette harmonie bleutée. Laissez-moi vous regarder, vous admirer. Vous ressemblez à une fleur fragile, à une orchidée rare et précieuse.

— Justement, Arnaud, ne me brisez pas, je vous en supplie. Les fleurs fragiles ne supportent pas les ondées glacées. Elles ont besoin pour s'épanouir d'une atmosphère ouatée, douce, préservée.

— N'est-ce pas ce que je fais ? Répondez-moi avec franchise si vous en êtes capable. Depuis que vous êtes ici, n'y avez-vous pas trouvé une atmosphère de serre ? Tout n'a-t-il pas été mis en œuvre pour préserver votre confort, votre bien-être, pour assurer votre guérison ?

Certains mots réveillèrent mon agressivité. D'ailleurs, je lui en voulais encore de m'avoir repoussée.

— Une atmosphère de serre ! Pas toujours, disons plutôt une atmosphère de prison souvent pénible. Pas une minute, depuis mon accident, je ne me suis sentie libre. Vous avez chargé « votre » Sirikit de me surveiller à tout instant de la journée et même de la nuit.

— Sandra, menaça-t-il, faites attention. Une fois de plus votre conduite est incohérente, votre raisonnement injuste.

— Cette fois, vous avez raison. Je le reconnais. Mais pourquoi vous êtes-vous moqué de moi lorsque je vous ai avoué mon amour ?

— Simplement pour vous protéger, petite fleur fragile, pour vous protéger contre vous-même. C'était nécessaire, indispensable. Ne m'en veuillez pas. Une fois encore, je n'ai pensé qu'à votre intérêt. Ne croyez-vous pas que j'aurais préféré refermer les bras sur vous ? Que connaissez-vous des hommes pour les tenter ainsi ?

— Et vous, que connaissez-vous du cœur des femmes pour le piétiner à ce point ?

Arnaud éclata de rire.

— Arrêtez, Sandra. Trêve de discussions, voulez-vous ? Je suis fatigué et j'ai faim. Alors, dites-moi plutôt si vous voulez commencer le dîner par le caviar ou par autre chose.

Il me souriait avec tant de douceur que je renonçai à bouder pour apprécier les mets raffinés qu'il m'offrait.

Ce dîner-réveillon fut un enchantement. De la musique douce était diffusée aux quatre coins du salon. Arnaud se montrait charmant. Il me parla de ses affaires, dont j'ignorais tout. J'appris comment, dans les forêts autour de Chieng-Maï, on exploitait le bois de teck, on le traitait, comment à l'usine fondée à Bangkok on le transformait en meubles précieux.

J'écoutais Arnaud, je le regardais et je me sentais infiniment heureuse. Ensuite, il m'interrogea sur ma famille, mon enfance, ma vie en France. Je lui racontai tout. Mon chagrin à la mort de ma mère, ma déception lorsque j'avais vu mon père se remarier. Et puis, la dernière épreuve, la plus dure, celle qui m'avait atteinte lorsque je m'y attendais le moins, la disparition brutale de mon père.

— Au fond, vous n'avez guère eu de veine jusqu'à maintenant, conclut Arnaud. Je crois que la grande chance de votre vie fut de choisir la Thaïlande pour y passer la fin de l'année ... Au fait, quelle heure est-il ?

Il regarda sa montre. En même temps, je jetai un coup d'œil sur la mienne. Minuit allait sonner dans quelques secondes. Arnaud remplit ma coupe de champagne, se servit aussi.

— Alors, mon cœur, je vous souhaite tout le bonheur possible pendant l'année qui va commencer.

Ses yeux plongeaient dans les miens et je ne détournai pas le regard lorsqu'il ajouta à ma grande surprise :

— Je souhaite surtout que vous compreniez que votre bonheur est ici auprès de moi et que vous y restiez ...

Les coupes de cristal se choquèrent légèrement. Il but le contenu de la sienne d'un trait et sortit un écrin de la poche de son kimono.

— J'ai trouvé qu'il était bien triste pour une aussi jolie fille que vous de ne posséder qu'un bijou, c'est pourquoi je suis allé ce soir même choisir celui-ci.

Il s'était levé et approché. Il s'agenouilla à côté de moi et m'attira à lui. Je me blottis contre son cœur et nos lèvres se joignirent en un baiser passionné.

— Arnaud, protestai-je lorsque, en s'écartant un peu, il me mit l'écrin dans la main, rappelez-vous que, ce matin même, je ne voulais pas accepter le bracelet. Vous m'y avez contrainte par une sorte de chantage. Croyez-vous raisonnable de m'offrir un nouveau présent ?

— Que vient faire la raison ici ? Ce bracelet, je vous l'ai donné l'année dernière déjà. Ouvrez vite et dites-moi si mon cadeau de nouvel an vous plaît.

Mes doigts tremblaient un peu lorsque je dénouai le ruban, enlevai le papier et ouvris l'écrin. Dans celui-ci, je découvris une bague ornée d'un magnifique saphir, entouré de brillants.

J'en restai sans voix. Une bague ! Arnaud m'offrait une bague ! Etait-ce symbolique ? Comme j'aurais voulu que ce le fût !

— Avec le bracelet-montre, cela fera un ensemble que vous porterez plus tard en souvenir de moi, dit-il négligemment. Donnez-moi votre main. J'espère que l'anneau vous ira.

Je ne savais quelle main lui tendre. J'hésitais. Alors, impatient, il s'empara de ma main gauche et me glissa le saphir à l'annulaire. Un souvenir récent me revint en mémoire et je ne pus m'empêcher de sourire.

— Est-ce la joie ou la reconnaissance qui a fait naître ce sourire sur vos lèvres ? me demanda Arnaud.

— Ni l'une ni l'autre, je pensais que vous m'aviez recommandé, au début de mon séjour ici, de ne pas compter sur vous pour me passer la bague au doigt et que maintenant, vous ...

— Mais il y a bague et bague, m'interrompit-il. Ne confondez pas, surtout ! Au lieu de vous attendrir, dites-moi plutôt si celle-ci vous convient.

— Je serais difficile, répondis-je. Elle est magnifique ! Je dois l'accepter pour ne pas vous déplaire. Alors, je vous remercie, Arnaud, je vous remercie du fond du cœur d'avoir choisi ce joyau pour moi. Mais je voudrais que vous compreniez ma gêne. S'il est d'usage d'échanger des cadeaux le premier janvier, me voici devant vous, les mains vides, dépourvue de tout et cela me rend malheureuse.

Il me regarda en souriant.

— Ne soyez pas triste, petite Sandra, dit-il. Vous voulez vraiment m'offrir un cadeau, un cadeau de prix ? Alors, devinez ce qui me ferait plaisir ...

— Comment le saurais-je ?

— Etes-vous encore prête à me dire que vous m'aimez ?

Un élan spontané, jailli du plus profond de mon être, me fit oublier l'humiliation passée et m'écrier :

— Plus que jamais, Arnaud. Oui, je vous aime

passionnément. Oui, je sais que mon bonheur est ici si vous voulez me garder. Moi non plus je ne voudrais pas vous quitter, mais ...

Jamais je n'oublierai, je crois, la joie qui se peignit sur son visage lorsqu'il entendit cet aveu. Il se leva d'un bond, s'avança vers moi.

— Alors, si vous m'aimez, prouvez-le-moi.

Il me tendait déjà les bras.

— Si vous étiez libre, Arnaud, je me blottirais contre vous et vous feriez de moi votre femme. Mais, hélas, je ne peux oublier qu'une autre porte encore votre nom.

Il se recula vivement. Pendant quelques instants, j'eus l'impression qu'il hésitait ... Allait-il parler ? Avait-il quelque chose de difficile à avouer ?

Mais il demeura silencieux. Et nous restâmes un long moment debout l'un en face de l'autre.

— Venez, dit-il enfin, il est temps d'aller vous reposer. Je vais vous porter jusqu'à votre chambre.

Il me souleva avec aisance et me fit traverser toutes les salles de la troisième pagode. Il me déposa devant mon lit et m'embrassa gentiment sur la joue comme un grand frère aurait pu le faire.

— Merci, Sandra, dit-il, vous m'avez donné une grande preuve d'amour. Je vous en suis reconnaissant. Maintenant, pardonnez-moi si j'ai un peu perdu la tête. Je crois que j'ai bu trop de champagne ce soir pour mesurer mes paroles ... Vous m'avez dit un jour que vous vous gardiez intacte pour celui qui serait votre mari. D'abord, j'ai trouvé cela ridicule, démodé, et je me suis moqué de vous. Mais, à la réflexion, c'est très beau. Alors, ne craignez rien, mon cœur. Je n'insisterai pas. Je vous laisse. Dormez bien et faites de beaux rêves.

Il s'éloigna brusquement et, sans me donner le temps de réagir, disparut dans la chambre voisine.

CHAPITRE X

La trêve du Jour de l'An s'était écoulée comme un rêve, un rêve merveilleux, mais, hélas, trop court. L'avoir vécu me faisait difficilement accepter la vie qui, depuis plus de deux mois, était la mienne à la Pagode d'Argent. J'y passais d'interminables journées en compagnie des domestiques sans oser m'aventurer hors des limites du jardin. Depuis que j'étais tout à fait rétablie, cette inaction me pesait.

— Ne vous risquez pas dehors sans que je vous accompagne, m'avait recommandé Arnaud en m'apportant des livres et des revues. Si jamais vous étiez prise dans une autre manifestation ou interpellée par la police, personne n'admettrait que vous n'ayez aucun papier d'identité dans votre sac et vous auriez les pires ennuis. Si vous êtes avec moi, on ne vous demandera rien, soyez tranquille.

En fait, il trouvait rarement le temps de m'accompagner pour me faire visiter Bangkok et ses environs. Pendant ces rares randonnées, je me sentais pleinement heureuse.

Mais, la plupart du temps, entièrement accaparé par ses affaires, Arnaud quittait la Pagode d'Argent tôt le matin alors que je dormais encore, pour ne rentrer que tard dans la soirée pour dîner. Je m'estimais même gâtée si je prenais le repas du soir avec lui car il lui arrivait souvent de téléphoner pour me demander de souper sans l'attendre. Je me morfondais alors pendant des heures, en proie à l'inquiétude et à la jalousie la plus vive.

Avec qui était-il ? Je n'arrivais pas à croire que seules, ses affaires le retenaient, la nuit tombée, loin du palais. Parfois, un optimisme inhabituel me poussait à me convaincre qu'il me fuyait volontairement pour éviter de trop s'attacher à moi.

Pendant les soirées que nous passions ensemble, son comportement était étrange et déconcertant. Tantôt, il se montrait tendre et charmant, devisait avec entrain, tantôt l'air sombre, préoccupé, il dînait en silence. A peine semblait-il s'apercevoir de ma présence et, si je l'interrogeais sur ses affaires, il déclarait régulièrement :

— De ce côté-là, tout va bien. Ne vous inquiétez pas. Mais ... j'ai d'autres soucis, personnels ceux-là ...

Sur ce, il restait muet sans que je me risque à l'interroger davantage.

Un soir, pourtant, je m'enhardis.

— Ne voulez-vous pas me les confier, ces soucis qui vous rendent si morose ?

En voyant une lueur cruelle flamber dans ses yeux d'acier, je regrettai mon audace. Il s'apprêtait à me la faire payer cher.

— En quoi ma vie privée vous concerne-t-elle, Sandra ? Rappelez-vous nos conventions. Nous sommes libres, l'un et l'autre ... Seriez-vous contente d'apprendre que je m'enfonce un peu plus chaque jour dans une solitude éprouvante ? Vous vous en réjouiriez, sans nul doute, aussi je préfère ne rien vous dire.

Un sursaut de révolte me poussa à crier :

— De quelle solitude parlez-vous, Arnaud ?

— Vous comprenez parfaitement à quoi je fais allusion.

— Je ne comprends qu'une chose : vous vous amusez à me faire souffrir, chaque jour davantage. Pourquoi ? Que vous ai-je fait ?

Le regard froid qu'il jeta sur moi me transperça jusqu'à l'âme. Il hésita pourtant avant de répondre d'une voix lasse :

— Vous ne m'avez rien fait, Sandra. Seulement, vous êtes là, et parfois cela suffit ...

Je ne pus m'empêcher de l'interrompre.

— Si vous ne pouvez me voir sans éprouver le besoin de me tourmenter, il me semble préférable de quitter la Pagode d'Argent et de rentrer dans mon pays.

Son rire moqueur résonna dans la pièce.

— Mais vous ne pouvez pas quitter la Pagode, Sandra. Vous ne pouvez pas rentrer à Paris. Je croyais que vous l'aviez compris depuis longtemps.

— Dès demain, j'irai à l'ambassade de France demander un nouveau passeport.

— A quoi riment ces fanfaronnades ? Vous savez parfaitement qu'à Bangkok il est impossible d'obtenir un passeport quand on a perdu le sien ...

— C'est, du moins, ce que vous prétendez ...

— C'est la vérité. Alors, que vous le vouliez ou non, vous resterez ici.

— Je réussirai bien à m'évader, à vous échapper, sifflai-je entre mes dents.

Je pensais déjà aux moyens de le faire lorsque Sirikit entra pour desservir la table. Arnaud avait-il entendu ma menace ? Avait-il choisi de l'ignorer ? Il se leva. Sans m'accorder un regard, comme s'il avait complètement oublié ma présence, il jeta négligemment :

— Je me sens las, nerveux, contracté. J'ai besoin de détente. J'ai besoin de prendre l'air, je sors ... Bonsoir, ajouta-t-il, à la cantonade.

Je me levai aussitôt, bondis vers Arnaud et, l'agrippant par la manche de son kimono, le retins sur le seuil en criant :

— Comment osez-vous vous conduire ainsi ? Il y a à peine une heure que vous êtes rentré et déjà, vous éprouvez le besoin de me quitter. Vous rendez-vous compte que je vous attends pendant des journées entières, enfermée ici comme une esclave ? Vous rendez-vous compte que je ne vis que pour vous ?

— C'est sans doute le tort que vous avez, Sandra. Occupez-vous davantage de vous-même et un peu moins de moi. La vie sera plus facile pour nous deux, répondit-il à voix basse.

Il me regardait avec son air narquois qui avait le don de m'exaspérer. L'aveu qui, une fois encore, m'avait échappé, le laissait indifférent. Pis encore, il s'en amusait. Des larmes perlèrent à mes cils.

— Moi, je vous aime, mais vous ne m'aimez pas, constatai-je avec tristesse.

Il revint vers moi. Ses yeux s'accrochèrent aux miens lorsqu'il articula, plus sombre que jamais :

— Je suis incapable d'aimer de nouveau, Sandra. Vous devez le comprendre. Une femme en m'abandonnant a tari en moi toutes les sources de l'amour. Je ne puis plus éprouver que du désir. Vous valez mieux que cela. C'est pourquoi j'ai le souci constant de respecter votre souhait de vous garder pour votre futur mari ... Maintenant, bonsoir, vous trouverez dans votre chambre plusieurs revues que j'ai achetées, aujourd'hui même, à votre intention. A demain.

Ses lèvres effleurèrent ma joue. Déjà, il était sorti.

Dans ma chambre, je passai une grande partie de la nuit à réfléchir à l'avenir qui m'attendait à la Pagode d'Argent. Arnaud ne n'aimait pas. Il me l'avait dit clairement. Je ne pouvais plus garder d'illusions. Il se déclarait incapable d'éprouver un nouvel amour. Alors, pourquoi resterais-je auprès de lui pour continuer à souffrir de son indifférence et de ses sautes d'humeur incompréhensibles ?

Je devais trouver le courage d'échapper à l'envoûtement qu'il exerçait sur moi. Il me fallait fuir cet homme fascinant et cruel. Mon salut était à ce prix !

Avec le temps, peut-être réussirais-je à l'oublier ? Même si je souffrais de ne plus le voir, l'absence serait moins pénible que les tourments que son indifférence me faisait subir ici.

A l'aube, ma décision était prise. Je quitterais la Pagode d'Argent le plus vite possible, le jour même. Seulement, je ne pouvais m'enfuir sans aide.

Je n'avais qu'un ami à Bangkok, en dehors d'Arnaud, c'était Michel Delbart. C'est chez lui que j'irais d'abord me réfugier. Je lui conterais toute mon aventure, lui dirais la vérité concernant le comportement déconcertant de son ami. Michel saurait me conseiller habilement.

Le docteur ne refuserait pas de me recevoir. Je le supplierais de m'accompagner à l'ambassade de France. Son témoignage de médecin me serait précieux. Si les autorités s'étonnaient que je sois restée à Bangkok bien après l'expiration de mon visa touristique, il pourrait affirmer que j'avais été sérieusement blessée. Pourquoi ne dirait-il pas que le traumatisme crânien dont j'avais souffert m'avait perturbée psychiquement ? Cela expliquerait mes longues hésitations, mes atermoiements avant de me mettre en règle avec la loi.

J'étais assez satisfaite de mes réflexions et je m'étonnais même de ne pas avoir pensé plus tôt à appeler Michel à mon secours. Pourquoi ne l'avais-je pas fait ? Pourquoi étais-je demeurée à la Pagode d'Argent ? Simplement parce qu'un espoir tenace, plus fort que la raison, m'avait retenue.

Oui, je devais me l'avouer maintenant, à l'aube qui succédait à une pénible nuit blanche, j'avais vraiment espéré conquérir Arnaud et me l'attacher pour toujours.

Un soir que mon hôte se sentait en veine de confidence, il m'avait dit que Diane, athée, avait refusé de se marier à l'église. Or, cette Diane l'avait quitté trois ans auparavant. Je n'avais pu m'empêcher de penser qu'un mariage civil pouvait aisément se rompre, surtout s'il s'agissait d'une union qu'aucun enfant n'était venu renforcer.

Oui, j'avais espéré qu'Arnaud, en vivant à mon côté, s'attacherait assez à moi pour rechercher la trace de Diane et entamer une procédure de divorce. Jamais avant cette minute je ne m'étais avoué cette secrète espérance que la cruelle mise au point de la veille détruisait à jamais.

Je fuirais donc. Maintenant, je l'avais décidé. Michel passait ses matinées à l'hôpital central et recevait ses malades dans son cabinet l'après-midi. Il me restait une matinée à passer à la Pagode ...

Une fois ma résolution prise, je me sentis soulagée et réussis à m'assoupir. Sans doute Arnaud traversa-t-il ma chambre comme il le faisait presque chaque jour avant de se rendre à son bureau. Mais, en me voyant endormie, il n'osa pas m'éveiller.

C'était mieux ainsi ! S'il s'était montré tendre comme il lui arrivait parfois de l'être, j'aurais pu hésiter encore. Si je ne le revoyais pas, j'aurais le courage de mettre mon projet à exécution.

Pendant toute la matinée, je redoutai qu'Arnaud ne me téléphone pour m'annoncer qu'il rentrerait déjeuner avec moi. Il l'avait fait certains jours, lorsqu'il regrettait sa morosité ou sa méchanceté de la veille.

Mais ce matin-là, le téléphone resta muet. Je déjeunai donc seule dans la petite salle à manger, servie attentivement par Sirikit. La gorge serrée à la pensée que c'était le dernier repas que je prenais dans le palais, je me sentais presque incapable de manger. Sirikit remarqua mon manque d'appétit.

— Vous n'êtes pas malade, madame ? demanda-t-elle.

— Non, Sirikit, ne t'inquiète pas. Seulement je n'ai pas faim, c'est tout. Cela m'arrive parfois.

— C'est peut-être à cause de la chaleur, dit-elle. Elle est particulièrement accablante aujourd'hui. Nous sommes au début de la saison chaude.

— Ici, on ne souffre pas de ses effets. La climatisation marche parfaitement.

— Oui, mais ce matin, vous êtes restée très longtemps au bord de la rivière. Le soleil vous aura peut-être incommodée. Il faudra vous reposer cet après-midi. Une longue sieste vous fera du bien. Monsieur m'a dit en partant qu'il rentrerait tôt ce soir.

Ainsi, une fois encore, son maître lui avait confié ses intentions. Mais je n'en éprouvais plus de jalousie. Peu à peu, je me détachais de ce qui avait fait ma vie pendant les derniers mois.

Eh bien, Arnaud rentrerait tôt et je serais partie, voilà tout !

— Tu as raison, Sirikit, je vais aller faire la sieste. Je vais même y aller immédiatement.

Je me levai aussitôt.

— Vous ne voulez pas de café ? s'enquit-elle avec étonnement. Vous en prenez toujours, d'habitude.

Pour qu'elle ne soupçonne pas que je me préparais à m'enfuir, mon attitude devait lui paraître tout à fait naturelle. J'acquiesçai donc :

— Eh bien, apporte-m'en un peu dans ma chambre. Ensuite, tu pourras aller te reposer, toi aussi.

En projetant de partir dès le début de l'après-midi, je n'avais pas pensé à la chaleur caniculaire que nous subissions depuis quelques jours en ce début de mars. Force me serait de retarder ma sortie. D'ailleurs, Michel Delbart ne recevait certainement pas ses malades avant quatre heures et je voulais qu'il me trouve dans la salle d'attente parmi les consultants.

Vers trois heures et demie, incapable de contenir plus longtemps mon impatience, je me glissai dans le jardin, la tête couverte par le grand chapeau de paille tressée que portent les Thaïlandaises à toute heure du jour. Ce chapeau à larges bords, dont on pose la calotte d'osier largement ajourée sur le sommet du crâne, laisse l'air circuler librement autour du front et de la nuque, et protège efficacement de l'ardeur du soleil.

Je quittai le jardin à pas de loup en franchissant en quelques enjambées la distance qui me séparait de la grande muraille isolant la Pagode d'Argent de la curiosité du public et du vacarme de la rue.

Ce vacarme assourdissant m'assaillit dès que je me trouvai à l'extérieur. De vieux tramways bondés passaient en brinquebalant. Les chauffeurs de taxis semblaient éprouver un grand plaisir à actionner leur klaxon pour se frayer un passage au milieu de la circulation. Des cyclopousse pittoresques pétaradaient au milieu du tohu-bohu général. A peine avais-je fait quelques pas que je regrettai déjà l'atmosphère protégée qui régnait au Palais.

La maison qu'habitait Michel se trouvait dans Larn Luang Road, à environ sept cents mètres de la Pagode d'Argent. Je parcourrais cette distance à pied. D'ailleurs, je n'avais même pas dans mon sac de quoi payer un taxi.

Il m'aurait semblé peu élégant de fouiller avant de partir dans la garde-robe d'Arnaud pour trouver dans les poches de ses costumes un peu d'argent oublié. Emprunter quelques *baths* à Sirikit, en lui recommandant de demander à son maître de les lui rembourser, j'y avais pensé. Mais la prudence m'avait conseillé de n'en rien faire.

Comme Arnaud, depuis le début de mon séjour à la Pagode, m'interdisait de sortir seule, il ne m'avait jamais offert de me donner de l'argent. D'après lui, je n'en avais pas l'usage et ma fierté ne m'avait pas permis de le lui en demander. D'ailleurs, tant que j'étais restée auprès de lui, je n'avais eu besoin de rien, Arnaud savait deviner mes moindres désirs et les contentais avant même que j'aie à les exprimer.

Pour le moment, en parcourant le plus rapidement possible la rue Charoen Krung, le fait de savoir mon portefeuille vide ne me gênait pas.

Je connus pourtant un moment d'embarras. Je longeais la longue enceinte du Wat Rajabopit en passant devant plusieurs portes fermées, curieusement gardées par des statues de soldats, peintes de vives couleurs, revêtues des uniformes en usage au début du siècle, lorsqu'un gamin m'offrit des clochettes destinées à chasser les mauvais esprits. J'aurais aimé lui en acheter quelques-unes, pour lui faire plaisir. Je lui fis comprendre par gestes que c'était impossible. L'enfant me suivit un moment en insistant ...

Je serais vite arrivée chez Michel, maintenant. L'espoir me soutenait. Je me souvenais que le docteur, alors qu'il me connaissait à peine, m'avait proposé de me prêter de l'argent pour m'acheter des vêtements. Je lui emprunterais la somme nécessaire pour effectuer mes démarches et rentrer en France. Une fois arrivée à Paris, je lui rembourserais les frais que mon séjour chez lui aurait causés. J'enverrais aussi une somme importante à Arnaud. Et puis, je tenterais d'oublier Bangkok et mon étrange aventure.

D'une école, devant laquelle je passais, me parvenait une musique aux sonorités déconcertantes pour des oreilles européennes. Dans la cour, des petites filles s'initiaient à la danse traditionnelle. Je m'arrêtai un instant pour admirer leurs évolutions lentes, la grâce de leurs gestes, surtout les courbes harmonieuses que leurs mains fines décrivaient.

Encore quelques pas. Une plaque indiquait le cabinet de Michel. Je sonnai. Une jeune fille en blouse blanche, aussi souriante que toutes ses compatriotes, vint m'ouvrir. D'un geste, elle m'indiqua la salle d'attente où une dizaine de personnes étaient déjà assises. Je pris place auprès d'elles.

J'étais en nage, aussi fus-je heureuse de constater qu'une bienfaisante fraîcheur régnait en ce lieu.

Une bonne vingtaine de minutes passèrent sans qu'aucun malade ne soit introduit dans le cabinet médical. Personne ne donnait le moindre signe d'impatience. Personne, sauf moi. Condamnée à l'inaction, je ne pouvais que réfléchir. J'imaginais l'air stupéfait de Michel lorsqu'il mc reconnaîtrait parmi ses consultants. Quelle serait sa réaction ? Sans doute me prierait-il d'entrer la première ?

Que ferais-je, s'il me demandait de lui expliquer en quelques mots l'objet de ma visite ? Je serais incapable de lui raconter ma longue histoire, debout entre deux portes. Je lui dirais très vite :

« Je ne suis pas malade, Michel, mais j'ai besoin de votre aide. Faites-moi conduire dans votre salon et ne vous occupez plus de moi. Je vous attendrai le temps qu'il faudra. Lorsque vous aurez fini vos consultations, venez me retrouver. Alors, je vous raconterai ... Surtout, je vous en prie, ne prévenez pas Arnaud que je suis ici ... S'il vous téléphonait, dites-lui que vous ne m'avez pas vue. C'est très important. Il doit ignorer que je me suis réfugiée auprès de vous ... Oui, oui, c'est grave ... »

En imaginant la scène qui allait se dérouler, je commençais à éprouver des doutes. Michel était l'ami de mon « supposé » mari, beaucoup plus que le mien. Malgré ma défense, n'avertirait-il pas Arnaud ? En pensant que nous nous étions disputés, ne chercherait-il pas à nous ménager une entrevue pour que nous puissions nous réconcilier ?

Plus les minutes passaient, plus je me disais que ma démarche était folle. Il existait peu de chances pour que le docteur m'aide. Qui sait, peut-être même me reconduirait-il lui-même à la Pagode d'Argent ?

La porte s'ouvrit. La secrétaire introduisit une mère de famille, portant un enfant dans ses bras. Je me levai aussitôt et rejoignis la jeune fille dans le couloir.

— Depuis mon arrivée, je n'ai vu aucun malade entrer dans le cabinet du docteur. Pourquoi ?

— Le docteur a été appelé pour une urgence, madame. Il n'est pas encore revenu.

Une impulsion incontrôlable me poussa à déclarer :

— Dans ces conditions, je préfère ne pas attendre. Il y a déjà tant de monde avant moi ...

— Dois-je demander au docteur de passer vous

voir ? Voulez-vous me donner votre nom et votre adresse, madame ?

— Non, ce n'est pas la peine. Je reviendrai un autre jour. Ce n'est pas urgent.

Je me hâtai de sortir. Dans la rue, la chaleur m'assaillit de nouveau, ainsi que le bruit. Parmi la circulation toujours aussi dense, je remarquai plusieurs camionnettes à la carrosserie entièrement peinte de couleurs vives — Arnaud m'avait expliqué que leurs propriétaires les décoraient ainsi pour faire plus gai. Elles roulaient beaucoup plus vite que le règlement ne devait le permettre. Elles n'étaient pas les seules, d'ailleurs. Tous les véhicules filaient à une allure folle sur les grandes artères.

Je n'avais plus qu'une idée : fuir. Ne pas risquer de rencontrer Michel lorsqu'il reviendrait à son cabinet. Je passai devant l'hôpital central en courant presque, redoutant qu'il n'en sorte au même moment et me demande ce que je faisais là.

En un clin d'œil, j'avais pris de nouvelles décisions. D'abord, je devais me procurer de l'argent coûte que coûte. Et pour cela, je n'avais pas le choix des moyens. Il me faudrait me séparer de la montre qui ornait mon poignet depuis le jour où Arnaud me l'avait offerte. Certes, je ne la vendrais pas de gaieté de cœur. Mais qu'aurais-je pu faire d'autre ?

Je me consolai un peu en pensant que je garderais la bague en souvenir. Lorsque mon portefeuille serait garni, je prendrais un taxi pour l'hôtel Naraï. Comme j'y avais déjà séjourné, on avait dû garder sur le registre le numéro de mon passeport. J'espérais qu'on voudrait bien m'y recevoir pour une nuit. Dès le lendemain matin, je demanderais la protection de l'ambassade de France ...

Mais, d'abord, je devais aller à Chinatown. Là, je trouverais certainement quelque bijoutier qui accepterait de m'acheter mon bracelet-montre.

Ayant tourné à droite après l'hôpital, je descendais maintenant la Sua Pa Road vers le Ménam. Je savais qu'à huit cents mètres environ, j'arriverais au croisement des routes Yawarah et Rajwong, au cœur du quartier chinois.

Arnaud m'avait déjà fait visiter cet endroit, un des plus pittoresques de Bangkok. Le croisement de ces deux grandes artères constitue une sorte de place. Aux quatre angles, une immense boutique de bijoux en or, ouverte en oblique sur la rue sans protection apparente.

Je n'en croyais pas mes yeux la première fois que j'y étais venue. Un ruissellement d'or ... Des chaînes, des bracelets, des breloques, des médailles pendaient du plafond, d'autres brillaient sur les comptoirs recouverts de vitres.

Les marchands chinois en blouse blanche attendaient les clients. Dès qu'on leur désignait un objet, ils le posaient sur une petite balance. Après l'avoir pesé, le vendeur en calculait le prix à l'aide d'un boulier qu'il manœuvrait avec une dextérité surprenante. Puis il marquait le chiffre sur une petite feuille de papier de soie blanc dont il avait toujours un stock devant lui.

Ici, contrairement aux usages en cours à Bangkok, aucun marchandage n'était possible. L'or se vendait au gramme et même au milligramme.

Je traversai la rue Charoen Krung, dédaignant ses boutiques élégantes. Une sorte de crainte irraisonnée m'empêchait de me présenter dans une des nombreuses bijouteries que je trouvais sur mon chemin. On y vendait pourtant toutes les pierres précieuses dont le sol thaïlandais est si riche.

D'une des quatre boutiques ouvertes sur la place, je sortirais plus aisément si le prix qu'on m'offrait de mon bijou ne me satisfaisait pas. Rien de plus facile que de le proposer en face ...

Et pourtant, je restai un long moment immobile devant la première boutique. J'hésitais. J'examinais les commerçants qui se tenaient debout derrière le comptoir. Trouvant leur visage peu amène, je décidai de ne pas entrer. En face, peut-être ...

Je m'élançai sur la chaussée, un peu étourdiment. Un cyclo-pousse s'arrêta brutalement à quelques centimètres de moi. Pour un peu, il me renversait. J'achevai de traverser la rue en courant.

Le coup de frein strident avait attiré l'attention des passants et certainement aussi celle des marchands d'or. Lorsque je m'engouffrai dans la seconde boutique, sans plus tergiverser, j'eus l'impression que tous les regards étaient fixés sur moi. Je m'avançai timidement vers le comptoir.

Deux clients, des touristes sans doute, choisissaient des breloques.

Un des Chinois m'adressa la parole en anglais.

— Que puis-je pour vous, mademoiselle ?

Je détachai mon bracelet-montre et le posai sur le comptoir en disant :

— J'ai besoin d'argent. Je voudrais me défaire de ce bijou. Pourriez-vous l'acheter ?

L'homme le prit, l'examina avec soin avant de demander :

— Comment l'avez-vous en votre possession ?

Que voulait-il dire ? Supposait-il que je l'avais volé ?

— Il m'appartient. Je cherche à le vendre parce que j'ai besoin d'argent pour rentrer en France, dans mon pays, ajoutai-je.

J'avais l'impression de lui donner plus d'explications qu'il n'était nécessaire. Mais la situation était si nouvelle pour moi que j'ignorais comment me comporter.

— Je regrette, mademoiselle, répondit l'homme. Nous sommes ici pour vendre des bijoux, pas pour en acheter. Nous avons nos propres fabricants. De plus, si vous prenez la peine de regarder dans notre magasin, vous vous apercevrez que nous vendons seulement de l'or, pas de montres, pas de brillants, pas de saphirs.

Insister aurait été inutile. Son visage fermé me le faisait clairement comprendre. Je remis le bracelet à mon poignet en demandant :

— Auriez-vous l'amabilité de me dire à qui je dois m'adresser ?

— Dans la rue Sampeng et dans tout le quartier, vous trouverez des revendeurs. Et puis, n'oubliez pas que le marché des voleurs est à deux pas d'ici. Si vous y allez, n'hésitez pas à discuter. Là-bas, le marchandage est de règle.

Devant la froide ironie qui brillait dans ses yeux, je balbutiai un rapide merci et lui tournai le dos.

Le marché des voleurs existait, certes, je ne l'ignorais pas. Ce n'était pas une plaisanterie. Mais de toute évidence, il me prenait moi-même pour une voleuse.

Je quittai la boutique aussitôt, pressée de fuir ce commerçant soupçonneux. Devant moi, au-delà du carrefour rutilant d'or, s'ouvraient une multitude de petits chemins tortueux, de ruelles réservées aux piétons. J'en pris une au hasard.

Pas de chance ! Là, on ne vendait que des lanternes, de toutes tailles, de toutes sortes. Des spécimens pendaient partout à l'extérieur des boutiques minuscules. La ruelle suivante était consacrée aux soieries indiennes. Enfin, j'aboutis sur une petite place poussiéreuse, une sorte de restaurant en plein air, un restaurant misérable. Les gens achetaient une assiettée de riz, baignant dans une sauce rougeâtre, à une popote ambulante et venaient la poser sur une des tables de bois, puis s'asseyaient sur un banc et mangeaient.

Une odeur âcre me prit à la gorge. Aussi me hâtai-je de traverser cette place. Au-delà s'ouvrait une rue. Elle était bordée de boutiques pleines d'articles en argent niellé, de bijoux et de pierres précieuses.

Enfin, voilà ce que je cherchais ! J'étais sauvée ! Là, on me ferait sans doute une offre intéressante. Je posais déjà la main sur une poignée de porte et me préparais à entrer lorsqu'un agent de police m'interpella :

— C'est bien vous qui, tout à l'heure, essayiez de vendre un bracelet-montre ?

Je ne l'avais pas remarqué mais sans doute me suivait-il depuis que j'avais quitté le marchand chinois.

— Oui, pourquoi ? demandai-je d'une voix que j'aurais voulu rendre assurée mais qui tremblait un peu.

— Montrez-moi vos papiers, s'il vous plaît ?

J'ouvris mon sac en croco, fis semblant de fouiller dedans avant d'avouer :

— Je suis vraiment désolée. Je les ai laissés chez moi.

— Dans ce cas, veuillez me suivre.

*
* *

CHAPITRE XI

Depuis une heure déjà, j'attendais dans le commissariat de police que quelqu'un daignât s'occuper de « mon cas ». Je n'étais pas seule. Plusieurs personnes, comme moi, interpellées et arrêtées dans la rue, restaient assises sur un banc de bois blanc. Je regardai leur visage. Chacun avait l'air morne ou anxieux.

Cette attente qu'on imposait aux suspects devait faire partie d'un plan destiné à les déconcerter, à les effrayer peut-être. Certains pouvaient en profiter pour préparer un système de défense s'ils savaient, toutefois, de quoi on les accusait.

Quant à moi, je réfléchissais. Mon comportement avait paru étrange au marchand chinois. Celui-ci devait être persuadé que je cherchais à revendre un bijou que j'avais volé. Dès que j'avais tourné les talons, sans doute avait-il alerté un des agents qui stationnent à proximité du « riche » carrefour, prêts à intervenir.

Maintenant, j'allais devoir prouver mon innocence. Pour ce faire, il n'existait qu'un recours :

le témoignage d'Arnaud. Ainsi, ma tentative de fuite avait échoué ...

Arnaud viendrait, puis me ramènerait à la Pagode d'Argent ... De quel prix me ferait-il payer ma rébellion ? J'allais retomber en son pouvoir ... pour combien de temps ?

— Suivez-moi, mademoiselle.

C'était à moi que l'agent s'adressait, en anglais naturellement.

Je me levai et obéis. Il me fit entrer dans un petit bureau austère. Sur les murs, un seul ornement, le portrait du roi Bhumibol. L'inspecteur, assis devant une table rudimentaire, encombrée de paperasses, leva à peine les yeux.

— Asseyez-vous, commanda-t-il.

Pour la première fois, je voyais un visage thaïlandais dépourvu du traditionnel sourire. Cela me glaça.

Raconter ma véritable histoire à cet homme froid, impassible, implorer son aide, sa protection, il n'en était pas question. Je sentais qu'il ne me croirait pas. Mieux valait mentir pour me tirer d'affaire.

— Mademoiselle, commença-t-il, après avoir rangé plusieurs documents dans une chemise verte ...

— Non, madame, rectifiai-je aussitôt d'une voix assurée.

Même si je tremblais intérieurement, il ne devait pas s'en apercevoir.

— Madame, vous n'avez pas pu montrer vos papiers à l'agent qui vous les demandait ...

— C'est exact, monsieur. Lorsqu'il m'a abordée, je me suis aperçue en ouvrant mon sac que je les avais laissés chez moi ... à la Pagode d'Argent, ajoutai-je pour l'impressionner.

En entendant ce nom, il leva vivement la tête et me regarda. Je soutins son regard sans sourciller.

— Je suis donc obligé de vérifier votre identité, continua-t-il. Votre nom ?

— Je suis Mme Arnaud Dampierre ...

— Votre prénom ?

J'hésitai imperceptiblement.

— Diane.

— Votre adresse ?

— Je croyais vous l'avoir déjà donnée. J'habite avec mon mari à la Pagode d'Argent.

Son visage restait impassible. Me croyait-il ? Mettait-il ma parole en doute ? Comment le savoir ?

— Si vous êtes Mme Arnaud Dampierre, puis-je vous demander pourquoi vous vouliez vendre votre bracelet-montre ?

Encore une fois, je feignis une assurance que j'étais loin d'avoir. Mais j'avais décidé de jouer un rôle, je devais le jouer jusqu'au bout.

— Pourquoi cette question, monsieur l'inspecteur ? Existe-t-il dans votre pays une loi qui interdise à une femme de vendre un bijou qui lui appartient ?

Mon aplomb le déconcerta.

— Bien sûr que non, reconnut-il ... Je vais téléphoner à M. Dampierre pour lui dire que vous êtes ici et lui demander de venir vous chercher.

Je craignis un moment qu'il me priât de sortir pendant qu'il appelait Arnaud. Mais il décrocha le combiné.

— Quel est le numéro de téléphone de la Pagode d'Argent ? me demanda-t-il. Vous devez le connaître, je suppose.

Pensait-il m'embarrasser ? Etait-ce un piège qu'il me tendait ?

Je lui donnai le numéro et regardai son index le composer sur le cadran. Sirikit allait-elle décrocher ? Non, Arnaud devait être rentré et se tenait dans son bureau. Il répondit aussitôt.

J'écoutai ce que disait l'inspecteur avec anxiété. S'adresserait-il à « mon mari » en thaï ? Heureusement pour moi, il parla anglais.

— Allô ! monsieur Dampierre ? Ici, le commissariat de police de Sampeng road. Puis-je vous demander si Mme Dampierre est à la Pagode d'Argent actuellement ?

Je m'agitai sur ma chaise pour montrer à l'inspecteur que je n'appréciais pas sa question ... Arnaud s'était-il aperçu de mon absence ? Je voulais l'espérer.

— Elle n'est pas rentrée ... Bien, nous avons ici une très jeune femme qui prétend être votre épouse. Comme elle n'a aucun papier d'identité sur elle, je me suis permis de vous déranger.

Arnaud devait parler, donner mon signalement car les yeux de l'inspecteur ne me quittaient pas. Il me scrutait. Son regard s'attardait sur mes cheveux, mes yeux, mon visage.

— Très bien, dit-il enfin. Je vous attends.

Merci, monsieur Dampierre et excusez-moi encore de vous avoir importuné.

Le policier se tourna vers moi.

— Votre mari sera ici dans quelques instants, madame. Si vous préférez ne pas retourner dans la salle, vous pouvez l'attendre dans ce bureau.

Je remerciai l'inspecteur. Puis, pour lui prouver que je me sentais parfaitement à l'aise, je sortis un paquet de cigarettes de mon sac et en allumai une.

En fait, je n'étais pas tranquille du tout. Comment Arnaud se comporterait-il lorsqu'il me verrait ? Ses réactions étaient toujours tellement imprévisibles !

L'inspecteur lui parlerait-il en particulier ? S'il lui racontait les circonstances de mon « arrestation », Arnaud saurait que j'avais voulu vendre le bracelet-montre. Cela suffirait à le rendre furieux. Comment lui cacherais-je ensuite que j'avais voulu le fuir pour toujours ?

On frappa à la porte, un agent entra, précédant « mon mari ». L'inspecteur se leva et accueillit le visiteur avec déférence. Les deux hommes se serrèrent la main. Alors, Arnaud se tourna vers moi en disant :

— J'ai épousé une femme-enfant, inspecteur, aussi étourdie qu'une adolescente. Combien de fois depuis notre mariage est-elle déjà sortie en oubliant ses papiers d'identité ? Je renonce à les compter.

Puis en s'adressant à moi, sur un ton sévère, il prononça ces paroles afin de donner le change au détective :

— Tu n'es pas seulement étourdie, Diane. Tu as toujours manqué d'ordre. Avant de venir, j'ai cherché ta carte d'identité dans ta chambre. Avec l'aide de Sirikit, j'ai fouillé en vain dans tous les tiroirs.

— Ma carte doit être dans mon autre sac à main, dans celui que j'avais l'intention de prendre pour sortir, répondis-je sans hésiter. Je me rappelle que j'ai changé de sac au dernier moment ...

— Comment l'aurais-je deviné ? demanda Arnaud sans se départir de sa sévérité.

— Cela ne fait rien, monsieur, dit vivement l'inspecteur. Ne vous inquiétez pas. Puisque vous vous portez garant de cette personne, votre parole nous suffit. Vous pouvez rentrer chez vous.

Arnaud le remercia, puis entourant mes épaules de son bras, me guida vers la porte. Nous prîmes congé du policier. Comme je me sentis soulagée lorsque je me trouvai dehors !

Devant le commissariat, Soucheng nous attendait au volant de la voiture. Dès qu'il nous vit, il descendit pour nous ouvrir la portière.

Je m'assis à côté d'Arnaud sans mot dire, attendant qu'il m'adresse la parole le premier et redoutant le moment des explications.

Ses yeux étincelaient de colère quand il demanda :

— Alors, Sandra, je t'avais défendu de sortir seule, pourtant. Tu vois que j'avais raison. Tu es contente, maintenant ? Tu as trouvé le moyen de te faire arrêter. Heureusement que j'étais là pour te sortir des griffes de la police ...

Pourquoi me tutoyait-il ? Nous n'étions plus devant l'inspecteur. Nous n'avions plus besoin de jouer la comédie.

— C'est vrai, reconnus-je avec humilité. Et je vous remercie de votre prompte intervention.

— Il y a plus de deux mois que nous vivons sous le même toit. Nous nous tutoyons chaque fois que nous devons passer devant des tiers pour mari et femme tandis que nous nous vouvoyons dans l'intimité ... le contraire de ce que font les couples snobs, en somme ! En tout cas, moi, j'en ai assez. A partir de maintenant, je te tutoyerai dans toutes les circonstances, ce sera plus facile.

« Pas pour longtemps, pensai-je, car je trouverai bien le moyen de fuir. »

— Comme vous voudrez, acquiesçai-je pourtant.

— Non, comme tu voudras ... Maintenant, dis-moi ce que tu faisais dans le quartier chinois.

— Comme toi, hier soir, j'ai éprouvé le besoin de prendre l'air, répondis-je sur un ton dégagé. J'ai aimé ce quartier quand tu me l'as fait visiter, alors j'ai eu envie de le revoir.

Puisque, grâce au ciel, on ne l'avait pas mis au courant de l'histoire du bracelet, il devait l'ignorer toujours.

— Encore une question. T'arrive-t-il souvent de quitter ainsi la Pagode d'Argent pendant les heures que je passe au bureau ?

— Sirikit me surveille trop bien pour que je prenne cette liberté. C'est la première fois que j'arrive à tromper sa vigilance.

Un sourire satisfait fleurit sur ses lèvres.

— Et tu vois comment cela s'est terminé ! ... Au fait, pourquoi t'a-t-on arrêtée ?

— Pour une simple vérification d'identité. Plusieurs étrangers se promenaient dans la même rue, tu sais, celle où l'on ne vend que des lanternes. J'allais d'une échoppe à l'autre. Soudain, un agent de police a surgi et a prié chacun de lui montrer ses papiers. Tout le monde s'est exécuté, mais moi, naturellement ... Alors, il m'a emmenée au poste.

— J'espère que cela te servira de leçon, conclut-il.

La voiture venait de s'arrêter devant la Pagode d'Argent. Arnaud m'aida à descendre. Visiblement, il ne me gardait pas rigueur de ce qu'il considérait comme une escapade sans importance. Il pensait au contraire que cette mésaventure me rendrait prudente à l'avenir. Il ne pouvait se douter que j'avais pris la décision de le quitter pour toujours.

— J'ai hâte d'aller dans ma chambre me changer avant le dîner, lui dis-je en pénétrant dans le jardin. La chaleur était accablante, j'ai besoin de me rafraîchir.

— Attends-moi, veux-tu ? Je t'accompagne.

Il m'avait prise par la main et me guidait d'une passerelle à l'autre parmi les bougainvillées et les flamboyants. Sirikit parut alors, alertée par le bruit de la voiture que son père venait de rentrer dans le garage.

— Monsieur, dit-elle, on vient de téléphoner de Chiang-Maï. Il faut que vous rappeliez

M. Manière le plus tôt possible. C'est urgent.

— J'y vais, dit Arnaud. A tout à l'heure, mon cœur, fais-toi belle.

Quelques minutes plus tard, il frappait à ma porte. Je me préparais à prendre une douche et allai lui ouvrir en robe de chambre. Je remarquai aussitôt son air préoccupé.

— Ecoute, Sandra, je dois partir pour Chang-Maï immédiatement. J'ai demandé à Sirikit de me préparer une valise avec le nécessaire pour une petite semaine.

— Que se passe-t-il ?

— Une grève a éclaté dans l'exploitation. Pierre Manière parle même de sabotages. Je dois aller me rendre compte par moi-même. Soucheng va m'y conduire. Nous roulerons toute la nuit si c'est nécessaire. Mais je serai là-bas demain matin à l'heure de la reprise du travail.

« Arnaud, mon amour, emmène-moi, je t'en supplie ! »

Voilà les mots qui me vinrent spontanément à l'esprit lorsque je l'entendis parler de départ. Mais je les retins sur mes lèvres. A quoi bon partir avec lui puisqu'il ne m'aimait pas ?

— Sandra, s'impatienta-t-il, tu as entendu ce que je viens de te dire ? Pourquoi ne me réponds-tu pas ?

— Je crains que tu n'affrontes quelque danger, et puis, ton départ m'attriste.

— Je te promets de revenir le plus tôt possible.

Il m'attira contre lui. Ses lèvres brûlèrent les miennes. Je pensai avec une intense nostalgie que ce baiser était le dernier qu'il me donnait. J'aurais voulu qu'il durât une éternité.

Mais Arnaud s'éloigna vite de moi. Il n'était plus qu'impatience. Sur le seuil de la chambre, il se retourna :

— Au revoir, Sandra et sois prudente, dit-il. Ne retourne pas seule en ville car je ne serais pas là pour te tirer d'embarras. Si tu t'ennuies trop en mon absence, demande à Michel de te sortir. A bientôt, mon cœur, et tâche d'être de bonne humeur à mon retour.

— Adieu, Arnaud, murmurai-je.

CHAPITRE XII

Arnaud parti pour Chiang-Maï, j'eus tout le loisir de réfléchir. Ma première tentative de fuite avait échoué. Jamais je ne réussirais seule à quitter Bangkok. Alors ? ...

Alors, j'appellerais Jean-François à mon secours. C'était un garçon intelligent et dévoué. Il saurait me tirer du guêpier dans lequel je me débattais en vain. Il disait m'aimer. N'avait-il pas demandé deux fois ma main à mon père ?

Je connus un moment de panique en pensant qu'il ne volerait pas à mon secours dans un but désintéressé. S'il consentait à effectuer le déplacement Paris-Bangkok, ce ne serait pas uniquement pour me tirer d'embarras. Cela prouverait qu'il m'aimait toujours. Alors, il ne manquerait pas de me demander d'être sa femme.

Après tout, pourquoi pas ? Lui ou un autre, quelle importance ? Jean-François n'avait rien de répugnant. Il était même assez séduisant, il serait un mari très présentable. Et puis, mon père, avant de mourir, souhaitait ce mariage ...

Quant à moi, je me ferais une raison. L'important était d'échapper à Arnaud, de le fuir à jamais. Mais je savais bien que je laisserais mon cœur à la Pagode d'Argent. Affectivement, je ne serais qu'une morte-vivante ... Puisque mon repos était à ce prix, je l'acceptais.

Pendant toute la journée qui suivit le départ d'Arnaud, j'attendis le moment d'appeler Jean-François au téléphone, compte tenu du décalage horaire et de l'attente imprévisible. J'avais l'impression que toute ma vie allait se jouer en quelques minutes.

Après tout, mon dernier refus d'épouser Jean-François remontait à un an déjà. Peut-être, depuis, avait-il rencontré celle qui serait sa compagne ? Peut-être m'avait-il oubliée depuis longtemps ? Il n'avait essuyé de ma part que refus et railleries ...

Jamais, lorsque je vivais en France, je n'avais accepté l'idée que son attachement était sincère et surtout désintéressé. Puisqu'il était le plus proche collaborateur de mon père et ne jouissait d'aucune fortune personnelle, il cherchait à épouser la fille du notaire pour assurer son avenir à l'étude. Voilà ce que j'avais pensé sans parvenir à me délivrer de ce préjugé.

Maintenant, auprès de l'appareil téléphonique, dans le bureau d'Arnaud, je me félicitais que Jean-François travaillât à l'étude Monnier qu'il dirigeait d'ailleurs depuis la disparition de mon père. Ainsi, je connaissais le numéro de téléphone par cœur. Comment aurais-je pu l'appeler s'il avait occupé un emploi dans une autre entreprise, puisque j'avais perdu mon carnet d'adresses en même temps que mes autres papiers ?

Vers cinq heures, j'obtins enfin la communication avec la France. A Paris, la matinée s'achevait, j'avais toutes les chances de trouver Jean-François à son poste. Quelques larmes me vinrent aux yeux en l'imaginant assis devant le bureau que mon père avait occupé pendant de longues années. Mais l'heure n'était pas à l'attendrissement.

Bientôt la standardiste me mit en communication avec lui.

— Bonjour, Jean-François, ici, Sandra ...

Une intense émotion vibrait dans sa voix lorsqu'il s'écria :

— Sandra, est-ce possible ? Mais où es-tu donc ?

— Toujours à Bangkok ...

— Tu devais y passer une dizaine de jours ... Deux mois et demi se sont écoulés ... Ta mère est folle d'inquiétude et moi aussi, naturellement ...

Je ne pus m'empêcher de rectifier :

— Tu veux dire Véronique, je pense ? Excuse-moi, je n'ai jamais réussi à la considérer comme ma mère. Mais la question n'est pas là. Ecoute, Jean-François, j'ai besoin de toi. Prends dans la caisse de l'étude l'argent nécessaire pour le voyage et viens me rejoindre à Bangkok le plus vite possible. Je t'attends. Sans toi, je ne pourrai pas me sortir d'embarras.

— Que t'est-il arrivé ?

— Je t'expliquerai tout sur place. Sache seulement qu'on m'a volé mon passeport et tous mes papiers d'identité et que, depuis, je suis pour ainsi dire prisonnière ... Va voir Véronique, demande-lui de fouiller dans mes affaires. Il doit bien rester dans ma chambre une carte d'étudiante, un permis de conduire, des photos. Apporte-moi tout ce que tu trouveras. Fais faire un extrait d'acte de naissance, aussi. Et si Véronique consent à te prêter son passeport, prends-le. J'essayerai de l'utiliser en dernier recours. Ne cherche pas à comprendre, Jean-François, fais ce que je te dis.

— Compte sur moi, Sandra. Le temps de réunir ce que tu me demandes, d'obtenir un visa, un billet d'avion et j'accours. Une fois à Bangkok, où te trouverai-je ?

— A la Pagode d'Argent. C'est un palais connu de tous. A l'hôtel où tu descendras, charge la réception d'appeler un taxi. N'importe quel chauffeur t'y conduira.

— Bien ...

— Attends, encore un détail. Lorsque tu sonneras à la Pagode, ne demande pas à voir Mlle Monnier mais Mme Arnaud Dampierre.

— Quoi ? Ai-je bien entendu ?

Il suffoquait presque.

— Oh ! Sandra, ce n'est pas vrai ! Tu ne t'es pas mariée ... Ce serait trop cruel de me téléphoner de si loin pour me l'apprendre.

— Mais non, Jean-François, si j'étais mariée, je ne t'appellerais pas à l'aide, voyons.

— Que tu m'as fait peur, ma chérie !

— Depuis la perte de mes papiers, pour me tirer provisoirement d'affaire, j'ai pris une autre identité ...

— Comment ? Répète, Sandra. Je t'entends à peine à présent. La ligne est complètement brouillée.

— Cela ne fait rien. Je t'ai dit l'essentiel. Je te quitte, Jean-François. Viens vite. Je t'attends.

Je raccrochai. Vidée de toutes forces vives, je me laissai tomber dans le fauteuil placé devant le bureau d'Arnaud. Ainsi, maintenant, je ne pouvais plus reculer. Les dés étaient jetés. Jean-François allait venir m'arracher à mon destin, à ce cadre qui m'était devenu familier et que j'aimais. Il viendrait parce que je l'avais décidé. N'étais-je pas l'artisan de mon propre malheur ?

« Oh ! Arnaud, pensai-je, si tu m'avais aimée, j'aurais été si heureuse de te consacrer ma vie ! »

J'allais partir et, comme Diane, je lui laisserais une lettre d'adieu, une lettre qu'il trouverait à son retour. Pauvre Arnaud, j'imaginais déjà sa déception !

Je restai un long moment, prostrée à côté du téléphone ...

La journée avait été chaude. Comme chaque année en mars, la température augmentait au fil des jours. Pendant l'après-midi, un soleil implacable avait brillé sur la ville et j'étais restée à la Pagode pour profiter de l'air climatisé. Le soir tombait maintenant, aussi me promenais-je dans le jardin au bord du Ménam.

Que je me sentais seule et désœuvrée. Arnaud était parti depuis quatre jours déjà. Il m'avait téléphoné la veille au soir pour prendre de mes nouvelles.

— Je ne sais pas encore quand je pourrai rentrer à Bangkok, m'avait-il dit. Pierre Manière, auquel j'avais confié la direction de l'exploitation et en qui j'avais pleine confiance, a manqué de souplesse et a des ennuis avec une partie du personnel. Je dois remettre de l'ordre ... Mais il me tarde de te revoir, mon cœur. A bientôt ...

Sans nouvelles de Jean-François, je commençais à me demander s'il serait là avant le retour d'Arnaud.

« Il n'est pas arrivé aujourd'hui, pensai-je en regardant ma montre. L'avion qui vient de France via Tel-Aviv, Téhéran, et New Delhi, se pose généralement à Bangkok pendant la matinée et il est déjà six heures ... »

Je ne savais même plus si j'espérais l'arrivée de celui que j'avais appelé à l'aide ou si je la redoutais. En fumant une cigarette, j'évoquai avec mélancolie les premiers jours passés à la Pagode d'Argent, pendant lesquels je me targuais d'être libre. Malgré mes révoltes passagères et mes sursauts d'indépendance, il n'avait pas fallu longtemps à Arnaud pour me réduire à l'état d'esclave. Lorsqu'il était auprès de moi, je me surprenais à guetter chacun de ses regards, chacun de ses sourires. Maintenant, je ressemblais à Sirikit. Que restait-il de la fille libre et fière que j'avais été ?

J'avais eu raison de réagir alors qu'il en était temps encore. Auprès de Jean-François, au moins, je retrouverais mon équilibre, je reprendrais mes études universitaires, tout ce qui m'intéressait auparavant. J'essayerais d'oublier le maître de la Pagode d'Argent.

J'en étais là de mes réflexions lorsque je sentis une main douce se poser sur mon bras. Sirikit se tenait auprès de moi. Je ne l'avais pas entendue approcher car le gazon étouffait le bruit des pas et la jeune fille marchait toujours avec une telle légèreté !

— Un monsieur vous demande, madame, me dit-elle. Il m'a dit que vous l'attendiez. Voulez-vous le recevoir ?

— Bien sûr, Sirikit. Où est-il ?

— Je l'ai fait entrer dans le salon bleu.

Le salon bleu, celui où j'avais passé la soirée du réveillon avec Arnaud ! J'aurais préféré rencontrer Jean-François dans une autre pièce. Mais comment Sirikit l'aurait-elle deviné ?

— Très bien, j'y vais.

Pourtant, je ne me précipitai pas. Je ne ressentais aucune hâte, j'avais plutôt l'impression d'aller au-devant du malheur. Aurais-je le courage de ne pas faiblir ?

« Si Arnaud était là, pensai-je, jamais je ne pourrais dire à Jean-François que je souhaite partir avec lui. Heureusement, il n'est pas là ! »

Le cœur battant, j'entrai dans la pagode et me tins un instant sur le seuil de la pièce, hésitante.

Jean-François s'avança vers moi. Je remarquai ses yeux cernés, ses traits tirés. Il paraissait épuisé. Ma mémoire avait gardé de lui une autre image, celle d'un jeune homme séduisant et plein de vitalité.

— Sandra, s'écria-t-il, que je suis heureux de te revoir !

— Merci d'être venu, Jean-François ...

— Tu peux me remercier, en effet, dit-il, car je n'ai pas fait un voyage de tout repos ... Enfin, j'ai bien le temps de te raconter cela. Laisse-moi te regarder ...

Il posa ses mains sur mes épaules.

— Tu parais en pleine forme et tu n'as jamais été aussi jolie. Et tu prétends être prisonnière ? Alors la vie de prison te réussit à merveille. Quoique, ajouta-t-il en regardant autour de lui, en voyant le luxe dont tu es entourée, je penserais plutôt que tu mènes une vie de château.

— Même le plus luxueux des châteaux peut être une prison, rétorquai-je sans sourire.

— Tu veux bien que je t'embrasse, n'est-ce pas ? J'ai tant attendu cet instant ! Je me suis tellement inquiété de ton absence prolongée. Je craignais de ne jamais te revoir et j'étais très malheureux !

Je vis son visage approcher du mien. C'était ce visage-là que, désormais, je contemplerais pendant les moments de fièvre, si je pouvais en connaître encore ... Rien n'était moins sûr.

J'entendis alors la voix d'Arnaud résonner dans ma mémoire :

« Regarde-moi, ne triche pas. C'est moi qui te tiens dans mes bras ! »

Et j'éprouvai l'intense désir de repousser Jean-François au moment où ses lèvres allaient toucher les miennes, l'intense désir de lui crier que je ne l'aimais pas, que je ne l'aimerais jamais, que mon cœur appartenait tout entier à un autre.

Mais je me tus, trichai, et fermai les yeux. En me raidissant, j'acceptai son baiser.

Heureusement, Jean-François était un jeune homme bien élevé. Il m'embrassa sans passion, plutôt avec affection.

— Maintenant, viens t'asseoir auprès de moi et raconte-moi ton voyage, proposai-je.

Il jeta un coup d'œil confus à ses pieds.

— Tu sais, avoua-t-il, penaud, je me sens assez mal à l'aise de devoir me promener en ta présence en chaussettes. Excuse-moi, mais la jeune fille qui m'a introduit a insisté pour que je laisse mes chaussures à l'entrée de la Pagode ...

J'éclatai de rire.

— Tu es en Thaïlande, Jean-François. Comme au Japon, on ne garde jamais ses chaussures pour pénétrer dans un temple ou dans une demeure particulière. De même, si tu rencontres un enfant dans la rue et que tu le trouves adorable, garde-toi bien de lui poser la main sur la tête. On ne touche jamais la tête d'un Thaï, c'est le siège de son âme. Alors, ton voyage ? Raconte ...

— Il a simplement duré vingt-six heures au lieu de dix-huit. Nous n'avons pas pu atterrir à New Delhi, noyée dans le brouillard. L'avion s'est posé à Bombay. A l'atterrissage, un pneu a éclaté. On nous a prévenus que trois heures seraient nécessaires pour procéder à la réparation. Six heures plus tard, nous étions encore à l'aéroport. Enfin, je suis arrivé, mais en piteux état, comme tu vois. Car depuis que j'ai quitté Paris, je n'ai pas pu fermer l'œil ... Une fois à Bangkok j'ai à peine pris le temps de choisir un hôtel avant d'accourir jusqu'à toi.

Je m'aperçus alors que Sirikit m'avait suivie et était restée debout auprès de la porte.

— Veux-tu boire quelque chose, Jean-François ? Aimerais-tu une tasse de thé ? demandai-je.

— Tu apprécies le thé, toi, maintenant ? s'étonna-t-il. Je croyais que tu détestais cela.

— On s'habitue à tout. Préfères-tu autre chose ?

— Sert-on de l'alcool dans ta cage dorée ?

— Bien sûr.

— Alors, un peu de whisky me redonnerait quelque force, j'en ai bien besoin !

— Sirikit, commandai-je, veux-tu aller chercher une bouteille de whisky, du soda et des glaçons, s'il te plaît ? Apporte aussi quelques gâteaux à apéritif.

— Bien, madame.

Elle sortit enfin.

— Je n'avais pas remarqué qu'elle nous écoutait, dis-je à Jean-François lorsqu'elle se fut éloignée.

— Quelle importance ? Elle te surveille ?

— Oui, certainement.

— Alors, Sandra, ne crois-tu pas le moment venu de me dire pourquoi tu m'as appelé à ton secours ? Que t'est-il arrivé exactement ?

Je lui racontai tout, la manifestation d'étudiants, mes blessures, comment je m'étais éveillée à la Pagode d'Argent, démunie de tout, l'aide qu'Arnaud m'avait apportée ...

Il m'écouta en silence. Mais lorsque je me tus, son visage sceptique était empreint de sévérité.

— A qui feras-tu croire que tu es restée ici pendant plusieurs mois contre ton gré ? demanda-t-il. Sans doute avais-tu perdu tes papiers. Sans doute est-il très difficile d'obtenir un nouveau passeport à Bangkok ...

— Dans le guide que je garde dans ma chambre et que je peux aller chercher, si tu le veux, il est écrit en toutes lettres que c'est absolument impossible.

— Très difficile, peut-être, mais pas impossible, voyons. Les touristes sont nombreux ici, il doit arriver à certains d'égarer leur passeport. Ils ne sont pas condamnés pour autant à finir leurs jours en Thaïlande.

— C'est pourquoi je t'ai demandé de m'apporter tous les papiers que tu trouverais à la maison. Les as-tu ?

Il me tendit une enveloppe en disant :

— Les voici.

— Merci, avec cela, nous irons à l'ambassade de France ...

— Tu aurais aussi bien pu y aller sans moi, Sandra, afin de te renseigner tout au moins. Que voulais-tu qu'ils te fassent ? Ils n'allaient pas te jeter en prison ... Ton Arnaud s'est bien joué de toi. Il a abusé de ta crédulité et tu t'es laissée aisément convaincre. Permets-moi de te le dire.

Sirikit entrait avec un plateau. Cela m'évita de répondre. Mais je gardais rancune à Jean-François de juger aussi légèrement la situation. Lorsque nous irions à l'ambassade, il verrait bien que je disais vrai.

En attendant, je lui servis un whisky bien tassé et m'en versai un également. Moi aussi, j'avais besoin de stimulant pour continuer cette conversation qui prenait un tour désagréable. Je ne m'étais pas attendue à ce qu'il blâmât ainsi ma conduite.

Sirikit, une fois encore, s'était réfugiée au fond de la pièce et ne bougeait pas plus qu'une statue. Je n'osai pas la renvoyer immédiatement.

— As-tu remarqué les serpents dorés qui décorent les toits de la Pagode d'Argent, ceux de tous les temples et des demeures luxueuses de la ville ? demandai-je alors à Jean-François.

Ma question le surprit. Il semblait penser que nous avions mieux à faire que de discuter des particularités de l'architecture thaïe. Comme il me regardait avec des yeux étonnés, d'un geste, je lui désignai Sirikit, toujours immobile. Il comprit.

— Alors, continuai-je, sais-tu à quoi servent ces serpents ?

— Comment le saurais-je ? J'arrive à peine.

— Ils sont placés ainsi aux angles des toits pour que les esprits malfaisants, venus de l'au-delà et qui rôdent autour de nous sans cesse, s'y empalent ... Tu arrives dans un pays fascinant, affirmai-je, et je te le ferai visiter avec grand plaisir si tu passes quelque temps avec nous.

Je jugeai alors que j'en avais assez dit pour satisfaire la curiosité de Sirikit.

— Sirikit, je n'ai plus besoin de toi. Tu nous as apporté tout ce que nous désirions, merci. Maintenant, je suppose que tu as autre chose à faire que de rester à nous écouter. Laisse-nous seuls, veux-tu ?

Elle me lança un regard outragé et, pendant un instant, je crus qu'elle allait refuser de quitter la pièce. Mais mes yeux glacés lui intimaient l'ordre de disparaître. Elle le comprit et sortit à regret.

— Cette fille t'espionne vraiment ? demanda Jean-François.

— Ne t'ai-je pas dit que j'étais prisonnière ? Seulement tu ne parais pas accorder grand crédit à mes paroles ...

— Excuse-moi, Sandra. Tout ceci est si extraordinaire que j'ai du mal à discerner la vérité. De plus, j'avoue que je tombe de sommeil et que j'ai de la peine à garder les yeux ouverts.

— Je comprends. Alors, écoute, tu ferais mieux de rentrer à l'hôtel, d'y dîner et de te coucher. Demain matin, tu reviendras ici frais et dispos et nous reprendrons cette conversation.

— Mais où est donc le maître de maison ? demanda Jean-François, ce généreux mécène qui t'a couverte de bienfaits ? J'aurais grand plaisir à le rencontrer ... A la réflexion, je ne sais si le mot « plaisir » est bien choisi. Je dirai plutôt qu'il me tarde de le voir, ne serait-ce que pour le remercier d'avoir pris soin de toi.

— J'ai bien peur que cela soit impossible. M. Dampierre est actuellement à Chiang-Maï une ville située à huit cents kilomètres au nord du pays.

— Dommage, il me semble que j'aurais eu deux mots à lui dire ...

Au moment même où il prononçait ces paroles, une main impatiente poussa la porte. Je retins mon souffle. Qui pouvait entrer ainsi en maître, sinon Arnaud ? Il m'avait dit la veille au téléphone qu'il resterait encore plusieurs jours à Chiang-Maï. Mais sans doute avait-il voulu me surprendre, à moins que sa hâte de me revoir ne l'ait poussé à en terminer au plus vite avec ses affaires.

Quoi qu'il en soit, il était là, debout sur le seuil. Son regard sévère embrassa toute la scène. J'étais assise à côté de Jean-François, un verre de whisky à la main. Il ne pensa même pas à saluer le visiteur, mais me demanda :

— Qu'est-ce que cela veut dire, Sandra ? J'attends tes explications.

Je me levai. Jean-François m'imita. D'une voix que je voulais assurée mais qui tremblait légèrement, je prononçai :

— Arnaud, je vous présente Jean-François Folbert qui arrive de Paris ... Jean-François, voici M. Dampierre que tu voulais rencontrer.

Les deux hommes se serrèrent la main mais leurs yeux lançaient des éclairs et j'avais l'impression qu'ils auraient préféré se jeter l'un sur l'autre.

Le visage de Jean-François était aussi furieux que celui d'Arnaud. Mon hôte ne venait-il pas de me tutoyer devant lui ?

— En effet, constata Arnaud d'une voix brève, en entrant, je vous ai entendu affirmer que vous aviez deux mots à me dire. Alors, je vous écoute ... Mais auparavant, j'ai une question à régler avec Sandra, si vous permettez.

Il se tourna vers moi.

— M. Folbert est ici parce que tu l'as appelé à l'aide, n'est-ce pas ? D'ailleurs, je ne sais même pas pourquoi je te pose cette question. Elle est idiote. Si tu ne l'avais pas appelé, comment aurait-il su que tu vivais chez moi ? Je viens de faire un long voyage en voiture pour te revoir le plus tôt possible et je ne m'attendais pas à te trouver avec un homme. Décidément, les femmes me réserveront toujours ! le même genre de surprise ...

J'allais protester, mais Jean-François se mit entre Arnaud et moi.

— Quand on appelle à l'aide, monsieur, c'est qu'on est en danger.

Arnaud le toisa, l'air plus méprisant que jamais.

— Qu'en savez-vous ? Rien ... enfin, rien d'autre que ce qu'a bien voulu vous dire Sandra. Je vous propose de m'écouter maintenant. Passons dans mon bureau. C'est la pièce voisine. Nous y serons tranquilles ... Emportez votre verre, vous l'avez à peine touché avant mon arrivée ... imprévue, j'en conviens.

Arnaud se tourna vers moi ;

— Veux-tu me servir un whisky, mon cœur ? Ainsi, je pourrai trinquer avec ton ami.

J'étais pâle de rage. Je lui versai une grande rasade, mis deux glaçons et lui tendis le verre sans lui demander s'il désirait de l'eau.

— Pourquoi m'appelez-vous « mon cœur » ? questionnai-je. A quoi rime cette comédie ?

Jean-François ne me quittait pas des yeux. Arnaud éclata d'un rire sarcastique.

— Il y a bientôt trois mois que je t'appelle ainsi, sans que tu songes à protester ... Pourquoi aujourd'hui y trouves-tu à redire ? Va dans ta chambre. Prépare-toi pour le dîner. Je veux que tu sois très belle ce soir, pour fêter mon retour ... Venez, monsieur, nous avons à parler.

J'enrageais de voir comment Arnaud dominait la situation. Mais je ne savais de quelle façon réagir.

— Jean-François, murmurai-je en m'approchant de lui, méfie-toi. Ne l'écoute pas. Je suis sûre qu'il va te mentir pour nous faire du mal ...

— Je voudrais te croire, Sandra, mais ...

— Je vais avec vous, proposai-je lorsqu'ils entrèrent dans le bureau.

Arnaud me retint sur le seuil.

— Nous avons à parler entre hommes, Sandra. Je croyais que tu avais eu l'intelligence de le comprendre. Tu rencontreras M. Folbert demain ... Enfin, s'il t'appelle pour te fixer un rendez-vous, ajouta-t-il à mi-voix en fermant la porte.

CHAPITRE XIII

— Si tu voulais me quitter, Sandra, tu n'avais pas besoin d'appeler ce pauvre type à ton secours. Il aurait suffi de me le dire franchement. Je n'aurais pas cherché à te retenir de force.

La voix d'Arnaud, sèche et coupante, venait de rompre le silence qui régnait dans ma chambre où je m'étais réfugiée dès qu'il avait entraîné Jean-François dans son bureau.

Aussitôt, je me levai et lui fis face, plus combative que jamais.

— D'abord, Jean-François n'est pas un pauvre type. Il a fait de très brillantes études à la faculté de droit de Paris ...

Arnaud fit un geste qui prouvait son scepticisme.

— Brillant universitaire ou pas, m'interrompit-il, dans la vie de tous les jours, c'est un pauvre type. Il ne m'a pas fallu plus de dix minutes pour le juger.

Je renonçai à discuter avec lui des mérites de mon « fiancé » et repris :

— Quant à me garder de force, je me demande ce que tu fais d'autre depuis que tu m'as amenée ici. Jean-François m'a dit que tu m'avais intimidée, purement et simplement. Tu as profité de mon jeune âge et de mon inexpérience pour me raconter des sornettes. J'aurais dû dès ma guérison aller à l'ambassade de France déclarer la perte de mes papiers.

— C'est bien possible ... Alors, pourquoi ne l'as-tu pas fait ?

— Parce que je me suis laissé monter la tête, parce que j'ai cru en toi, en ton honnêteté.

— Peut-être, mais aussi parce que tu te trouvais bien chez moi ...

Je me contentai de hausser les épaules en déclarant :

— En tout cas, maintenant, c'est bien fini. Tu ne m'intimideras plus. Je vais faire les démarches nécessaires, que tu le veuilles ou non. D'ailleurs, Jean-François m'accompagnera, me protégera.

— Te protégera pendant la vie entière, j'imagine ? ... Je suppose qu'il n'a pas fait le déplacement Paris-Bangkok simplement dans le but de t'arracher aux griffes du grand méchant loup que je suis.

— Nous nous marierons plus tard, en effet, affirmai-je.

Arnaud éclata de rire.

— Excuse-moi, mon cœur, mais je ne te vois pas du tout passer ta vie auprès d'un garçon pareil. Il doit être ennuyeux comme la pluie, manquer totalement de fantaisie. Quant à la passion, je me demande s'il en a seulement jamais entendu parler.

Malgré moi, j'évoquai le baiser que Jean-François m'avait donné, ce baiser froid, presque glacé. Mais je ne voulus pas permettre à Arnaud de le tourner en ridicule.

— Cesse de juger quelqu'un que tu ne connais pas.

— En tout cas, si j'avais supposé que c'était pour ce genre d'individu que tu voulais rester intacte, je t'assure que j'aurais eu moins de scrupules ... Nous aurions passé trois mois beaucoup plus agréables et je parie que tu n'aurais jamais pensé à me quitter ... Mais à quoi bon épiloguer sur le passé ? Le temps perdu ne se rattrape jamais, n'est-ce pas ? ... Viens dîner. Je meurs de faim. Tu accepteras de partager mon repas, encore ce soir ? D'ailleurs, même si tu n'acceptais pas, je t'emmènerais de force à la salle à manger. Tu penses, notre dernière soirée, il ne faut pas la gâcher par des bouderies ou des reproches. Aussi tu le constates, je reste calme. J'aurais pourtant pu me mettre en colère et te reprocher d'avoir attendu mon départ pour appeler ton Saint-Bernard à l'aide. Mais je suis fataliste, je me dis que cela devait arriver, voilà tout.

— Je dînerai avec toi ce soir, mais je quitterai la Pagode d'Argent tôt demain matin, affirmai-je.

— Tôt ? Tu veux dire quand ton Jean-François viendra te chercher ... s'il vient ... rectifia Arnaud, un sourire railleur aux lèvres.

— Il n'a quitté Paris que pour cela !

— Nous verrons. Attendons demain. Souvent la nuit porte conseil. Maintenant, ne parlons plus de lui, s'il te plaît. Il m'assomme, cet intrus ! Je te propose de jouer la comédie du mariage, une fois de plus. Imagine que tu es ma femme. Je rentre de voyage, tu es heureuse de me revoir et tu ne penses qu'à moi, d'accord ?

Ne penser qu'à lui, certes, ce n'était pas difficile de continuer à le faire, du moins pendant le temps que durerait ce repas. Mais cela me rendrait la séparation plus pénible.

— D'accord.

— Alors, reprenons la scène comme elle aurait dû se dérouler depuis le moment où je suis entré chez moi. Tu veux ?

D'un bond, il m'avait rejointe. Ses bras se refermèrent sur moi comme un étau puissant et me maintinrent plaquée contre lui. Il me serrait à m'étouffer ...

— Arnaud, protestai-je, tu triches, tu n'as pas le droit de me toucher. Je croyais que tu me demandais simplement de te tenir compagnie, d'écouter le récit de ton voyage.

— Je te raconterai tout lorsque nous serons à table. Pour le moment nous en sommes au baiser de bienvenue, celui que tu aurais dû me donner ... Chaque chose en son temps !

Je tentai de me débattre mais il était tellement plus fort que moi ! Sa vigueur peu commune annihilait ma résistance. Sa bouche se posa sur la mienne, son baiser fut si vibrant et si passionné qu'il me laissa pantelante. Je sentais mes jambes se dérober sous moi et je serais tombée s'il ne m'avait pas solidement maintenue contre lui.

— Alors, Sandra, dit-il en me gardant sous l'emprise de son regard, répète-moi maintenant que tu veux me quitter demain à la première heure, répète-le si tu le peux encore ...

— Je dois partir, Arnaud. Tu me rends trop malheureuse. Je passe mes journées ici à t'attendre et quand tu rentres, ton attitude me déconcerte. Je n'en puis plus. Je n'existe plus. Je veux vivre, tu comprends, vivre ...

— Vivre ! C'est ici que tu le pourras, nulle part ailleurs ! Pour cela, il me suffira de dissiper un malentendu.

Il hésita un peu. Puis, comme s'il obéissait à une impulsion soudaine, lança sur un ton presque rageur :

— Reste avec moi et je t'épouse.

De saisissement, je restai sans voix. Puis, lorsque je retrouvai l'usage de la parole, ce fut pour m'indigner :

— Tu es l'homme le plus fourbe que j'aie jamais connu ! Tu me proposes le mariage alors que tu es déjà marié, Arnaud, marié ! L'as-tu oublié ? Comment oses-tu ainsi te jouer de moi, de mes sentiments, que tu piétines comme à plaisir ?

— Je t'ai parlé d'un malentendu, Sandra. Laisse-moi t'expliquer. Je suis libre, totalement libre. Disons que j'ai longtemps hésité à te demander d'être ma femme ... Chat échaudé craint l'eau froide et je m'étais juré de ne jamais me remarier. Mais puisque je n'ai aucun autre moyen de te garder, je dois m'y résoudre.

Suivant mon idée fixe, je n'arrivais pas à croire en la véracité de ses paroles.

— Tu délires, Arnaud. Diane existe et si elle revenait ...

— Ne crains rien, mon cœur. Personne n'est jamais revenu de l'enfer. Heureusement, il y a une justice. Diane s'est tuée en voiture avec son complice quelques mois après avoir quitté la Thaïlande. J'ai jugé utile de garder son décès secret. Comme, à Bangkok, on me croyait marié, aucune de mes relations féminines ne pouvait se faire d'illusions.

— Même ton meilleur ami ignorait ton veuvage ?

— Quand on garde un secret, Sandra, il faut le garder complètement. Alors, acceptes-tu ma proposition ? Attention, n'hésite pas trop longtemps ... Moi, tu sais, il faut me prendre au mot.

Je ne savais plus où j'en étais. Cette scène me semblait trop irréelle pour être vraie. C'est à peine si pendant mes moments d'optimisme les plus fous, j'avais osé supporter qu'un jour Arnaud me demanderait de partager sa vie ... J'avais plutôt pensé que je ne représentais à ses yeux qu'un caprice d'homme riche et qu'il me repousserait lorsqu'il se serait assez joué de moi. D'ailleurs, toute son attitude, chacune de ses paroles avaient confirmé mon impression.

Comme je gardais le silence, Arnaud s'impatienta.

— Alors, Sandra, j'attends ta réponse. Tu ne

vas quand même pas prétendre que tu hésites entre cet ahuri et moi ? Ce serait vexant.

Pas une seconde, je n'avais pensé à Jean-François. Mais cela m'amusait qu'Arnaud le crût. Il était toujours si sûr de lui.

Peu à peu, je reprenais mon sang-froid.

— Je n'hésite pas, Arnaud. Avant de répondre à ta question, je voulais t'en poser une autre.

— Laquelle ?

— Tu m'as dit un jour que tu ne m'aimais pas. Maintenant, j'ai besoin de connaître tes sentiments. Je t'en prie, réponds-moi avec sincérité. M'aimes-tu, Arnaud ? Oh ! je sais bien que tu ne m'aimes pas comme je t'aime, de la passion la plus folle. Mais, dis-moi, m'aimes-tu seulement un peu ?

Comme j'aurais voulu entendre de ses lèvres un aveu jailli du plus profond de son être ! Mais Arnaud, comme je l'avais fait quelques instants plus tôt, restait silencieux. Voulait-il me rendre la monnaie de ma pièce ? Ou bien hésitait-il à me mentir ? Chaque seconde qui passait ajoutait à mon angoisse, à mon désarroi.

— T'aimer, s'écria-t-il enfin en riant, voyez-vous cela ? Mais tu deviens exigeante ... Laisse-moi réfléchir ... Est-ce que je t'aime ? ... Je l'ignore encore ... Mais je suis sûr de te désirer comme un fou, de te désirer au point d'en perdre le sommeil et de te fuir très souvent ... Alors comme tu ne veux appartenir qu'à ton mari, pour rester digne de ton idéal, je t'épouse. Voilà la vérité, Sandra. Te convient-elle ?

J'étais déçue et heureuse à la fois. Il avouait penser à moi au point de souffrir d'insomnies. Mais le cœur n'avait aucune part dans tout cela.

— Tu me désires, dis-tu ? Ce n'est pas suffisant pour que je sois heureuse avec toi.

— Qu'en sais-tu ? Réfléchis, Sandra. Je te laisse d'ailleurs toute la nuit pour te décider. Tu me donneras ta réponse demain matin, puisque tu ne parais pas disposée à t'engager pour le moment. Maintenant, trêve de discussions, viens dîner.

Il passa un bras autour de mes épaules et m'entraîna vers la petite salle à manger intime que j'aimais particulièrement. En marchant, il constata sur un ton mélancolique, assez surprenant venant de lui :

— Entre nous, je suis un peu déçu, mon cœur. Je croyais que tu sauterais de joie en m'entendant te proposer le mariage.

— Si tu m'aimais, Arnaud, je serais la plus heureuse des femmes.

— L'amour, toujours l'amour ! Décidément, tu n'as que ce mot à la bouche ! Quand je te tiens dans mes bras, n'es-tu pas la plus heureuse des femmes ?

— C'est vrai, Arnaud.

— Alors, pourquoi ne pas continuer ainsi, sans perdre un temps précieux à analyser des sentiments qui, après tout, ne regardent que moi ?

Obéissant à un élan impétueux, je m'écriai :

— Je n'ai pas besoin de réfléchir jusqu'à demain. J'accepte d'être ta femme, Arnaud. Je l'accepte de toute mon âme. Car, moi, je t'aime et je suis sûre de ne jamais pouvoir connaître le bonheur loin de toi.

Un sourire triomphant apparut sur ses lèvres.

— Merci, chérie ...

C'était la première fois qu'il m'appelait ainsi, je le remarquai avec une intense satisfaction. Sans doute lui étais-je plus « chère » en effet qu'il ne consentait à le reconnaître.

— Alors, continua-t-il, nous allons nous marier le plus vite possible. Juste le temps de réunir les papiers indispensables ...

Une idée me traversa l'esprit, une idée pas très charitable mais qu'il me fallut exprimer sur-le-champ.

— Justement, Jean-François m'a apporté un extrait d'acte de naissance ...

Arnaud éclata de rire.

— Vraiment, il pense à tout, ce garçon ... A propos, ajouta-t-il, avant que tu acceptes ma demande en mariage, je voulais te laisser libre de choisir entre lui et moi. Mais maintenant que tu as choisi, je peux bien te le dire : je doute fort que le dénommé Jean-François, après notre entrevue, soit encore prêt à te passer la bague au doigt. Qui sait même s'il ne quittera pas la Thaïlande sans chercher à te revoir ?

Un flot de colère me submergea aussitôt.

— Et pourquoi, s'il te plaît ? Que lui as-tu dit ?

— Tu le sauras plus tard. Pour le moment, du calme, panthère noire, rentre tes griffes.

De la main, il me désigna Sirikit qui s'apprêtait à

nous servir et selon son habitude nous écoutait. Il ajouta :

— Tu m'accompagneras tout à l'heure dans mon bureau, j'ai des explications à te donner et des documents à te montrer ... Pour le moment, dis-moi comment tu as réussi à te distraire pendant mon absence. Je suis sûr que ce bon Delbart est venu te tenir compagnie comme je le lui avais recommandé.

— C'est toi qui avais demandé à Michel de sortir avec moi, dimanche ?

— Evidemment, mon cœur, même lorsque mes affaires me retiennent au loin, je m'occupe de toi. Où êtes-vous allés ?

— Le matin, Michel m'a emmenée voir le marché flottant de Damnern Saduak. C'était vraiment extraordinaire, beaucoup plus animé que celui de Bangkok, j'ai pris de nombreuses photos. Ensuite, nous sommes allés déjeuner à Rose-Garden. Le spectacle qui a suivi le repas était excellent.

— Parfait. Et ce brave Michel t'a fait la cour, selon son habitude ?

— Tu sais très bien que ton ami est toujours correct, c'est d'ailleurs la raison pour laquelle tu lui as demandé de me tenir compagnie.

Arnaud sourit.

— Je vois qu'on ne peut rien te cacher, fine mouche.

— Parle-moi de Chiang-Maï ...

Pendant le reste du repas, Arnaud me raconta comment il avait réglé les problèmes qui s'étaient posés dans l'exploitation. Je l'écoutai d'une oreille distraite, ne pensant qu'à la conversation intime qu'il m'avait promise ...

Enfin, nous étions seuls, Arnaud et moi, dans son bureau, enfin nous pouvions parler sans témoins.

— Alors, attaquai-je dès qu'il eut fermé la porte, dis-moi maintenant ce qui te permet de supposer que Jean-François quittera Bangkok sans me revoir.

— Ce qui est extraordinaire avec toi, constata Arnaud en souriant, c'est cette faculté de parler calmement pendant une heure ou deux et de reprendre ta colère juste au point où tu l'avais laissée ...

— Pas de tergiversations, je te prie, aux faits, je veux savoir ce que tu as dit à Jean-François.

— Nous sommes là pour cela. Inutile de t'énerver, mon cœur. Assieds-toi, prends une cigarette et quoi que je dise, écoute-moi en silence. Tu interviendras à la fin de mon récit. Ainsi, nous en aurons fini plus vite. Je suis fatigué et j'ai hâte d'aller dormir.

Arnaud vint vers moi, sortit son briquet en or de sa poche, alluma ma cigarette et alla s'asseoir calmement derrière son bureau.

— Dès que ton Jean-François s'est trouvé ici devant moi, il m'a accusé de te garder captive à la Pagode d'Argent. J'ai protesté, évidemment, et lui ai assuré que tu n'étais pas ma prisonnière ...

« Sandra me l'a dit, m'interrompit-il. C'est donc vrai !

« — Eh bien ! Elle a menti, comme le font toutes les femmes. Je ne la garde pas contre son gré. Je ne l'ai jamais gardée contre son gré. Je l'ai recueillie, soignée, choyée, c'est vrai.

« — Alors, pourquoi m'a-t-elle appelé à l'aide ?

« — Dans un moment de dépit, parce que nous nous étions disputés, simple querelle d'amoureux.

Je m'agitai dans mon fauteuil, mais Arnaud ne me quittait pas des yeux et je n'osai l'interrompre, me réservant de remettre les choses en place plus tard.

« — Sandra m'a téléphoné qu'elle avait perdu son passeport et qu'elle ne pouvait pas rentrer en France ... a-t-il continué.

— Alors, mon cœur, pardonne-moi, mais j'ai éclaté de rire devant la crédulité de ce garçon.

« — Perdu son passeport, me suis-je écrié, quelle invention romanesque ! C'est Sandra elle-même qui me l'a confié le jour de son arrivée ici, pour que je le garde et qu'il soit en sûreté. Voulez-vous le voir, ce fameux passeport, pour être persuadé que Sandra s'est jouée de vous ?

— Alors, mon cœur, regarde ce que j'ai fait devant ton Jean-François ébahi ! J'ai ouvert le tiroir de mon bureau — celui que j'ai toujours tenu fermé à clé — je l'ai ouvert comme je l'ouvre maintenant devant toi et voici ce que je lui ai montré : ton passeport et ta carte d'identité.

Je me levai d'un bond, indignée, hésitant à comprendre, à croire que je ne vivais pas un rêve fou.

— Tu as osé faire une chose pareille ? Et si je

l'avais aimé, Jean-François, te rends-tu compte des conséquences de ton acte ?

— De toute façon, tu ne l'aimes pas puisque c'est moi que tu prétends aimer. De plus, j'étais prêt à tout pour te garder.

— Mais ces papiers, depuis quand les as-tu ? Quelqu'un te les a-t-il rapportés après mon accident ? Pourquoi alors ne pas me l'avoir dit ? Pourquoi m'avoir fait croire que je ne pouvais pas sortir d'ici ? Pour mieux me maintenir sous ta domination ? Oui, c'est cela ... je comprends tout maintenant ... Tout s'éclaire. Le voleur, c'était toi, n'est-ce pas ? Et je suis sûre qu'en fouillant un peu dans la Pagode, je trouverais aussi mes valises qu'on t'a remises à l'hôtel et que tu as cachées quelque part.

Le sourire ironique d'Arnaud acheva de m'exaspérer.

— Ta conduite est inqualifiable, vraiment indigne ... m'écriai-je.

Arnaud reçut mes injures sans se troubler.

— Attends un peu pour juger, recommanda-t-il. Quand je t'ai trouvée inanimée dans la rue et portée dans ma voiture, j'ai ramassé ton sac. Je l'ai jeté ensuite sur la banquette arrière avec la ferme intention de te le rendre. C'est lorsque j'ai constaté que les hôpitaux, où je t'avais conduite, étaient remplis de blessés, que l'idée m'est venue de te faire passer pour ma femme. Au début, je voulais seulement t'assurer les soins nécessaires le plus tôt possible ... Ensuite, lorsque tu as été installée à la Pagode d'Argent, que je t'ai vue chez moi, si jeune, si attachante, je n'ai plus éprouvé qu'un désir : te garder, ne jamais te permettre de me quitter ... Comprends-moi, Sandra. Diane était libre quand elle vivait auprès de moi, tellement libre qu'elle s'est enfuie un jour. Quand je t'ai relevée, portée dans mes bras, il m'a semblé que la vie m'offrait une revanche. Tu me plaisais. Je me suis juré que tu n'aurais pas de si tôt les moyens de m'abandonner. Sans papiers, sans argent, tu dépendrais uniquement de moi. Oui, c'est ainsi que je t'ai voulue, mon cœur, voilà pourquoi j'ai monté toute cette comédie.

Arnaud, le dur, l'implacable, me parut alors bien vulnérable. Je n'avais même plus la force de m'indigner. Je n'en éprouvais même plus le désir. Pour agir comme il l'avait fait, il avait dû vraiment souffrir dans le passé.

— Et tu prétendais ne pas m'aimer, constatai-je à mi-voix.

Il feignit de ne pas m'avoir entendue.

— Maintenant tu es libre, dit-il. Le rideau est tombé, la comédie est finie. Tu peux prendre ton passeport et en faire ce que tu voudras.

— Dois-je comprendre que tu me renvoies dans mon pays ? Tu m'as demandé d'être ta femme. Tu as changé d'avis ? Tu ne veux plus de moi ?

— Je croyais que c'était toi qui avais changé d'avis.

— Je t'aime, Arnaud. Quand on aime vraiment, je crois que l'on peut tout pardonner.

— Même au plus indigne des hommes ? demanda-t-il encore en m'attirant dans ses bras ...

CHAPITRE XIV

Un mois plus tard, à six heures du soir, alors que les cloches sonnaient à toute volée, je me tenais au bras d'Arnaud sur le parvis de la cathédrale de l'Assomption. Notre mariage religieux venait d'être célébré comme je l'avais souhaité, dans l'intimité ... enfin, une intimité relative.

Michel Delbart était mon témoin et Pierre Manière, venu tout exprès de Chiang-Maï, celui de mon mari. Le personnel de la Pagode d'Argent et celui de l'usine que dirigeait Arnaud avaient assisté à la cérémonie. Tous se tenaient maintenant sur les marches de la cathédrale et s'apprêtaient à déverser sur nous une pluie de grains de riz, symbole de bonheur et de fertilité.

Arnaud se tourna vers moi.

— Sandra, dit-il en souriant, nous n'aurons plus besoin de jouer la comédie. Maintenant, tu es ma femme pour de bon.

— Et pour toute la vie, répondis-je en lui rendant son sourire.

Il me contempla longuement avant de constater :

— Je peux te le dire, tu es la plus jolie mariée que j'aie jamais vue. Cette robe immaculée te va si bien !

— Comment en serait-il autrement ? Une fois encore, tu t'es montré si généreux ! La toilette que tu as commandée pour moi est une véritable splendeur.

— Je te devais bien cela, mon cœur ... Alors, nous nous lançons ?

Arnaud me tendit la main, je la pris et nous descendîmes les marches pendant que les grains de riz pleuvaient sur nous. Soucheng nous tenait la porte de la voiture ouverte. Sirikit s'avança pour m'aider à m'installer. Arnaud s'arrêta un instant auprès d'elle pour demander :

— A quand ton tour, Sirikit ?

Son habituel sourire aux lèvres, elle leva vers lui ses grands yeux noirs et répondit :

— Savek veut que notre mariage ait lieu la semaine prochaine, monsieur.

— Très bien, c'est un brave garçon, je suis sûr qu'il te rendra très heureuse.

Puis Arnaud s'assit auprès de moi. Soucheng fit démarrer notre voiture. Je posai la tête sur l'épaule de mon mari et lui demandai tout bas, pour que le chauffeur ne nous entende pas :

— As-tu remarqué le regard triste de Sirikit ?

— Pourquoi serait-elle triste huit jours avant son mariage ?

— Arnaud, ne sois pas fourbe. Ne fais pas semblant d'ignorer que cette fille est folle de toi.

— Mais non, mon cœur, c'est toi qui te l'imagines. Tu confonds admiration et amour ... D'ailleurs, je dois reconnaître que je me suis amusé à te rendre jalouse. C'était pour que tu t'attaches davantage à moi. Mais je peux te jurer que je n'ai jamais touché Sirikit.

— Je te crois, Arnaud.

Pendant que la voiture nous emportait à vive allure vers la Pagode d'Argent, mon mari me demanda :

— Et toi, ne regrettes-tu pas ce Jean-François qui a traversé notre vie à la vitesse d'un météore ?

Jean-François, en effet, le lendemain de son unique visite à la Pagode d'Argent, m'avait envoyé une lettre acerbe dans laquelle il m'exprimait toute sa rancœur. Comme l'avait prévu Arnaud, mon « fiancé » n'avait même pas cherché à me revoir. Avait-il quitté Bangkok aussitôt, ou était-il resté quelques jours pour visiter la ville ? Je l'ignorais et ne m'en étais guère souciée.

— Regretter Jean-François ? Je ne l'avais appelé que pour échapper à l'emprise que tu exerçais sur moi, échapper à l'amour que tu m'inspirais et que je croyais sans espoir. Jamais je n'ai éprouvé pour lui le moindre sentiment tendre. Tu ne doutes pas de ma parole, j'espère ?

— Non, Sandra, tu as bien des défauts mais je ne te crois pas menteuse.

— C'est le jour de notre mariage que tu choisis

pour me dire que j'ai des défauts, tu n'as pas honte ? demandai-je, à demi fâchée.

— Heureusement que tu en as, mon cœur, constata Arnaud, sinon la vie auprès de toi serait très monotone. Rien n'est aussi ennuyeux que la perfection.

— Alors, répliquai-je, je suis sûre de ne pas m'ennuyer auprès de toi non plus.

— Tu ne changeras jamais, Sandra. Tu veux toujours avoir le dernier mot. Mais cela ne fait rien, c'est ainsi que ...

Pendant un instant, folle de joie, je crus qu'il allait ajouter : « je t'aime ». Mais il se contenta de dire :

— C'est ainsi que tu me plais.

La voiture venait de s'arrêter devant le luxueux palais où désormais je me sentirais vraiment chez moi. Arnaud, en m'aidant à descendre, me murmura à l'oreille :

— Nous ne nous éterniserons pas à la réception que je donne en l'honneur de notre mariage, n'est-ce pas ? Nous resterons juste le temps de boire une coupe de champagne avec nos invités. Ensuite, je t'enlève, d'accord ?

Et voilà, il venait de m'enlever, en effet. Sur un signe discret, je l'avais suivi. Dès que nous eûmes franchi la porte de la grande salle où nos invités faisaient honneur au buffet, mon mari me souleva dans ses bras. Comme le soir du 31 décembre, il m'emportait comme on ravit une proie. Cette fois, il était sûr de sa victoire.

Comment décrire les sentiments que j'éprouvai alors, en posant la tête sur l'épaule d'Arnaud et en m'abandonnant contre lui ? C'était d'abord l'attente, l'attente d'un bonheur encore inconnu, à peine entrevu, une attente si grande, si forte que s'y mêlait la crainte d'une déception toujours possible.

Je savais que toute ma vie de femme pouvait dépendre du comportement de mon mari. Mais cette crainte était beaucoup plus inconsciente que raisonnée. Je ressentais d'abord l'appel de l'amour et je me préparais à me donner enfin à l'homme que j'aimais de toutes mes forces.

Arnaud m'emporta jusque dans la chambre que j'avais occupée depuis mon arrivée à la Pagode. Lorsque nous eûmes franchi le seuil, il murmura :

— C'est ici que je voudrais que tu m'appartiennes, Sandra, dans cette chambre où j'ai dû me faire tant de violence pour te respecter. Tu veux bien, n'est-ce pas ?

— Je suis à toi, Arnaud ...

Il me déposa au milieu de la pièce et alla fermer la porte à clé. J'admirai les somptueuses corbeilles d'orchidées blanches, disposées sur tous les meubles.

Lorsque mon mari revint vers moi, sur son visage, je lisais une telle attente que la première, je me blottis dans ses bras, alanguie, tremblante, consentante.

— Arnaud, mon amour, mon merveilleux amour ...

Je ne pus en dire davantage car déjà il prenait possession de ma bouche qu'il écrasait, qu'il meurtrissait sous son baiser.

Maintenant, nous reposions côte à côte, après avoir connu la toute-puissance de l'union totale, la beauté de l'instant où l'on partage avec l'être aimé les mêmes vibrations à la même seconde.

Nous étions l'un et l'autre éblouis, bouleversés, reconnaissants envers la vie qui réserve de tels moments. Nous avions l'impression d'avoir réussi un chef-d'œuvre, le véritable chef-d'œuvre de l'amour partagé, et nous en étions très fiers.

— Sandra chérie, murmura alors mon mari, maintenant, tu es ma femme, vraiment ... Je t'aime, ma chérie, oh ! oui, je t'aime ! Ces mots-là, vois-tu, après le départ de Diane, j'avais fait le serment de ne jamais les prononcer de nouveau. Mais tu viens de me donner un tel bonheur que je ne veux pas te mentir plus longtemps.

Il déposa un baiser sur mon front et ajouta :

— Si je ne t'avais pas aimée, je n'aurais pas tellement souhaité te garder auprès de moi, je n'aurais pas inventé cette histoire ... Seulement, j'ai lutté de toutes mes forces. Je voulais résister à ce nouvel amour. Chaque fois que je sentais un aveu sur le point de m'échapper, je m'éloignais de toi. Je sortais. J'allais n'importe où ... Conscient de m'être montré trop tendre le soir du réveillon, j'ai voulu me reprendre ... Comprends-moi, ma chérie, j'ai tant souffert dans le passé que j'avais peur de souffrir encore. Et puis, tu étais si jeune que j'hésitais à te faire confiance.

— Jamais, tu ne souffriras à cause de moi, Arnaud, je te le jure !

Reconnaissant, il me reprit dans ses bras et de nouveau ce fut la joie, l'extase, le bonheur. Ma vie de femme commençait par une éblouissante aurore.

du même auteur

à la Librairie Jules TALLANDIER
17, rue Remy-Dumoncel - Paris 14e

Le Relais maudit.
Le Lion de Tolède.
Un parfum d'aventure.

Dans la collection « Floralies » :

Rosamaria.
L'Inconnu de Glasgow.
Le Solitaire de l'oasis.
Le Mystère de la dune.
Un amour exigeant.
Le Message de Patmos.
La Nuit enchantée.
Sur les pas d'un amour.
La Muraille de sable.

ACHEVÉ D'IMPRIMER
LE 30 JANVIER 1981
SUR LES PRESSES
DE L'IMPRIMERIE JOUVE
A PARIS

DÉPÔT LÉGAL : 1er TRIMESTRE 1981

N° D'ÉDITEUR : 228 — N° D'IMPRIMEUR : 55323

ISBN 2-2-235-01071-7 relié